L'OMBRE SUR LE LAC

© La Fontaine de Siloé
MND Diffusion
38 avenue Jean Jaurès
73000 Chambéry
Tél. 04 79 68 22 15
www.fontainesiloe.com
contact@fontainesiloe.com

Crédit photographique :
Photo de couverture : © Franck LLOBERES

Dépôt légal : juillet 2020

ISBN : 978-2-84206-705-2

Patrick Liaudet

L'OMBRE SUR LE LAC

Roman

Siloé poche

La Fontaine de Siloé

Du même auteur :

Un infime espace d'éternité (roman)

Le dernier cri du loup (roman)

Le côté ensoleillé de la rue (roman)
Prix du printemps du livre Savoie 2009

Discrètes solitudes (nouvelles)

Survivre à la nuit (roman)

Les voleurs d'étoiles (poèmes)

Le fils de personne (roman)

Le sorcier aux mains d'or (roman)

Entre monts et lacs
(livre photos avec Christian Molitor)

Djebel blues (roman)

Le soleil venait seulement de sortir de derrière une crête qu'il avait d'abord surmontée : l'hiver on est dans l'ombre ici pendant plus de trois mois ; l'été on est dans l'ombre ici jusqu'à dix heures du matin, car le monde est plein d'imperfections, mais le monde est beau quand même.

Charles-Ferdinand Ramuz

à Pierre Jouannaud,
passeur de mémoire qui jadis
nous apprit à lire dans les paysages.

Avant-propos

Le 30 mars 1944, un Focke-Wulf 58 c de l'armée allemande sombrait dans le lac du Bourget. Depuis, il gît à 112 mètres de profondeur et c'est en 2004 que d'intrépides plongeurs ont retrouvé et filmé l'épave.

Sur les rives du lac, cette histoire a donné naissance aux spéculations les plus extravagantes et, intrigué depuis longtemps par ce naufrage, j'ai eu envie d'en faire un livre.
Mais un romancier ne peut se contenter de la simple réalité des faits, fût-elle singulière, et il lui faut sans cesse mettre à l'épreuve son pouvoir d'invention, chercher à entraîner le lecteur dans des contrées que l'impossible ne peut régir.

Alors mon avion ne suivra pas la trajectoire exacte du vrai FW 58 et sa mission sera tout autre. Les personnages, eux non plus, n'auront pas existé, quoique… à force de les côtoyer au quotidien j'ai fini par les voir et les entendre, à tel point que, flânant dans les marais de Chautagne, ou arpentant les pittoresques ruelles de Conjux et de Chanaz, il me semble à certains moments croiser leurs fantômes. Il est souvent si difficile de distinguer le réel de l'imaginaire que ce récit pourrait parfaitement être authentique. C'est pourquoi, malgré la liberté prise avec le fait historique, j'espère que le lecteur trouvera du plaisir à suivre la trace de mes héros, gens ordinaires à qui le hasard attribue des rôles inhabituels, à l'instar de ces résistants ayant sacrifié leur vie pour reconquérir ce coin de Savoie, à la fois sauvage et hospitalier, sublimé à chaque heure du jour par une nature magnanime.

L'auteur.

I

Ils ont fini par amarrer le bateau à l'ouest de la pointe rocheuse sur laquelle se dresse, telle une vigie, le petit château de Châtillon. Comme d'habitude, ils ont palabré avant de s'entendre sur le choix du site. Ils sont ainsi, Mario et Fred. Jamais d'accord. De perpétuelles discussions émaillées de coups de gueule qui aboutissent à la capitulation de l'un ou l'autre. Et ça ne date pas d'hier ! Depuis l'époque où ils travaillaient pour la Comex jusqu'à leurs expéditions avec Cousteau, ils ont plongé dans toutes les mers du monde, risqué leur vie dans les lieux les plus reculés, en posant cet affrontement verbal comme préalable nécessaire à toute action.

Néanmoins, ils formaient un sacré duo, et aujourd'hui, s'ils ont dû céder la place aux plus jeunes, on fait encore appel à eux pour des missions ponctuelles, parfois périlleuses. Quelques occasions de flirter avec la mort qui leur donnent le goût d'exister...

En ce matin de juin, la plongée dans ce lac du Bourget qui les a vus naître s'apparenterait plutôt à un bain de pieds, et la présence des roselières leur rappelle le temps où ils apprenaient à nager quasiment seuls. Une nage indienne, rudimentaire et inefficace. Estafilades, souvenirs de feuilles de roseaux coupantes; coquillages ou tessons qui meurtrissent. Et puis cette volonté farouche de hisser le corps à la surface de l'eau, flotter au-dessus de profondeurs dérisoires que le regard de l'enfance rend abyssales. Entre hier et aujourd'hui, une vie tout simplement; une vie comme un éclair; à peine la liberté de cerner les gens, les choses, et déjà on aperçoit le bout du chemin que l'on n'aurait pas osé imaginer.

Mario et Fred ont donc décidé de plonger en touristes; pas plus de vingt mètres; de toute façon, au-delà l'eau s'assombrit. Juste une sortie de routine pour entretenir les gestes répétés des milliers de fois et pour autoriser un corps de cinquante ans à conserver toute son efficience. Ils amorcent la descente dans une zone où les à-pics sont fréquents et recèlent de dangereux surplombs qui, par le passé, furent fatals à plusieurs plongeurs. Puis ils dérivent peu à peu vers l'extrémité nord du lac, là où les fonds remontent en pente douce et sableuse jusqu'à venir se perdre dans les marais proches. En comparaison de toutes les merveilles côtoyées au cours de leur existence, le lac pourrait paraître insipide, dénué d'intérêt, mais ils ont besoin de cette ambiance étale où la quiétude les gagne insensiblement, après des années d'errance marquées par le combat quelquefois violent contre des éléments hostiles, comme un refus de la fatalité.

Les deux silhouettes noires continuent à descendre en parfaite harmonie. Économie de gestes ; battements à l'unisson ; même vitesse. Bien malin qui saurait les différencier. Ils progressent avec régularité, presque secrètement, comme par respect pour ce milieu qu'ils ont apprivoisé, qui leur a tout donné, et dans lequel ils se sentent, paradoxalement, à l'abri, loin des turpitudes du dehors. L'eau qui apaise, éteint les bruits, soustrait aux regards, sauvegarde, mais peut aussi retenir dans ses filets mortels le matamore en quête de défis chimériques.

Ils se sont maintenant stabilisés à vingt mètres et graduellement l'opacité diminue. On commence à distinguer les fonds verdâtres, mélange de sable et de vase, parsemés d'algues pelucheuses et de roches erratiques où des moules insignifiantes tentent de s'agripper.

L'embouchure du canal de Savières qui relie le lac au fleuve, lui servant d'exutoire en cas de crues importantes, n'est plus qu'à quelques encablures. Ici pas de mérou, pas de requin ni de coraux flamboyants, seulement une étendue un peu monotone et déserte. Mais qu'importe ! L'essentiel pour Mario et Fred est de perpétuer la complicité qui a pris racine sur ces rives où les pans de montagne se précipitent dans le bleu vert des eaux comme une muraille invincible. Car c'est bien le lac qui a révélé leur aptitude naturelle à dominer le monde des profondeurs aquatiques, liant ainsi leurs destins pour toujours.

Ils marquent une pause et inspectent sommairement les parages, jugeant que l'entraînement a assez duré. Il est temps de repartir en direction du bateau.

Soudain, Mario dévie et se dirige vers une espèce de tertre qui semble l'intriguer. De la main, il commence à balayer la vase du sommet, déclenchant des tourbillons de particules. Dès que l'eau s'éclaircit il invite son équipier à se rapprocher car il a découvert une aspérité qui lui semble trop régulière pour être de la roche. Comme deux chiens de chasse, ils se mettent aussitôt à creuser et déblayer l'amas de vase et de coquillages. En quelques minutes apparaît alors un tube métallique rongé par la rouille. « Peut-être un élément de voilier ou les restes d'un bateau de pêche… » pensent-ils. En poursuivant leurs investigations ils dégagent d'autres tubes qui s'emboîtent dans le précédent, et ils finissent par dévoiler une pièce de forme un peu arrondie, semblable à une étrave. Tout corps étranger trouvé au fond de l'eau a une histoire et cette histoire, ils se font un devoir de la reconstituer, même si cela n'a aucun intérêt. Alors, ils continuent le déblayage de la vase, s'interrompant seulement pour que la visibilité s'améliore. Une armature se dessine progressivement et tout à coup Mario fait signe à Fred de cesser toute besogne. Il vient de mettre au jour un fragment, de toile épaisse lui semble-t-il, collé au métal. Avec d'infinies précautions ils débarrassent cette surface de la gangue de boue durcie qui la recouvre, puis ils attendent que l'eau redevienne transparente.

On distingue d'abord une partie sépia avec une amorce de trait noir encadré par deux bandes fines ayant dû être blanches. La texture montre qu'il s'agit bien d'un entoilage dont la solidité n'a pas résisté à l'épreuve de l'eau. De plus en plus intrigués, ils brisent minutieusement la membrane qui préserve cet objet indéfini et, au moment où un morceau d'environ cinquante centimètres se détache, elle leur saute à la figure : une croix gammée bien distincte que le temps et les éléments n'ont pas réussi à effacer ! Alors, tout devient évident : ils sont en présence de l'avion allemand tombé dans le lac à la fin de la guerre. Un avion qui a donné lieu, pendant cinquante ans, à tant de spéculations que l'on ne saurait dissocier la légende de la réalité. Après l'accident, les rumeurs les plus insensées s'étaient propagées, libérant des imaginations fertiles, accroissant encore la part du mystère, puis une fois les rares témoins, ou considérés comme tels, disparus, la mémoire collective avait effacé cet épisode, jalon d'un passé que personne ne souhaitait peut-être ressusciter. De temps à autre, on en reparlait dans quelque revue mais tout retombait très vite dans l'oubli, car nul ne se serait hasardé à entamer des recherches sur une étendue de plusieurs milliers d'hectares. Surtout avec les moyens de l'époque.

Et voilà qu'aujourd'hui, Mario et Fred, au cours d'une plongée ordinaire, viennent de découvrir l'épave qui a suscité tant de fantasmes. Ils sont comme deux gosses devant un sapin de Noël ! Mario, en particulier, qui semble surexcité. Ce que la parole ne peut exprimer, les regards le disent et Fred tente de modérer son compagnon, en pure perte. Ce dernier se remet frénétiquement au travail, et après un quart d'heure d'efforts parvient à nettoyer une partie du fuselage où l'on devine la croix de fer. Absorbé par la tâche, il ne voit pas le temps passer, c'est pourquoi Fred le rappelle à l'ordre par des gestes véhéments. Le bateau est assez loin et il faut garder des forces pour le retour. Mais Mario est bien trop subjugué par sa découverte pour entendre raison. Son idée est de suivre le haut du fuselage, ou ce qu'il en reste, pour atteindre le cockpit. Si l'avion s'est posé à plat sur le fond, c'est jouable sans difficultés exagérées. Il continue à gratter la vase et évite de regarder Fred qui s'abstient désormais de prendre part au déblaiement, façon de marquer sa réprobation. Mario voit maintenant son travail facilité par la rencontre d'une couche flasque et, dans une eau de plus en plus trouble, il parvient au niveau des ailes, puis sa main heurte un cercle métallique : l'antenne radio ! Les yeux exorbités il sait que ses efforts vont aboutir. Il dégage aisément le haut du cockpit puis l'avant.

Dès que l'eau redevient à peu près limpide, il se rapproche : par les vitres brisées il aperçoit un amas confus de sable, d'algues et croit distinguer des ossements ainsi que des lambeaux d'uniformes. Ils sont là, devant lui, les fantômes de ces pilotes naufragés, esquisses vaporeuses encore perceptibles après un demi-siècle d'oubli. Et lui, Mario, il est le premier à les approcher ; alors fatalement il en éprouve une émotion extrême qui lui fait perdre tout contrôle. Ses battements cardiaques s'accélèrent mais il veut impérativement prolonger ce face-à-face avec la mort. Il essaie de se hisser à l'intérieur de la cabine, cherchant à ôter les morceaux de vitres qui tiennent encore. Il redouble d'efforts et les eaux deviennent un peu plus opaques, le dissimulant au regard de son équipier. Soudain, son esprit se met en alerte. Impression bizarre. Comme une perte de lucidité. Son cœur semble se débrider comme s'il cherchait à s'affranchir de ce corps qui le retient captif; les tempes serrées dans un étau, l'air qui semble brusquement se raréfier: « Pourtant les bouteilles... pas vides... vécu autres situations... plus dangereuses... suis fatigué... très... Fred... où es-tu?... » Alors, gagné par une espèce de torpeur, dans un sursaut désespéré, Mario s'accroche au montant central du cockpit, et avant que ses forces ne l'abandonnent complètement, son regard fixe une dernière fois l'intérieur de l'avion: trois secondes pour emporter à tout jamais l'image de cette mise en scène morbide. Ensuite, c'est comme après une injection de drogue, son corps se relâche et n'est plus qu'une baudruche ballottée par les faibles courants.

Presque immédiatement, Fred surgit de l'opacité verdâtre et se porte au secours de son compagnon. Mais les gestes salvateurs, malgré toute leur précision ne servent plus à rien. Hébété, il reste un long moment avec Mario dans ses bras. À travers le masque il voit ses yeux figés, comme s'il était déjà en route pour un autre univers. Il est presque tenté de le laisser là afin de lui offrir une sépulture qui mettrait un point d'orgue à toute leur vie subaquatique, lui évitant la confrontation avec les rituels et les servitudes terrestres, mais il revient à la réalité. Mario est mort. À vingt mètres ! Une misère pour des plongeurs de leur trempe ! Il faut pourtant s'y résoudre. Fred se sent alors envahi et glacé par la douleur : pour la première fois de sa vie d'homme il aimerait pleurer mais il n'y parvient pas. En quelques instants, des mosaïques d'images défilent dans sa tête, mélange de couleurs et de silhouettes, vagues de souvenirs qui viennent se fracasser contre les rochers de l'oubli comme dans un film muet, puis l'écran se brouille et le réel reprend ses droits.

Les réflexes du professionnel ont remplacé les faiblesses de l'homme et Fred doit maintenant s'activer pour ramener le corps de Mario. Il l'écarte du cockpit et se prépare pour la remontée. Il jette un dernier coup d'œil à la masse sombre de l'avion et soudain une étrange sensation l'envahit : ce lieu dégage à coup sûr des ondes néfastes. En même temps, il ressent une fatigue extrême. Il faut s'éloigner au plus vite. Insensiblement, les fonds s'estompent et l'épave n'est plus qu'une ombre effilée qui finit par disparaître dans l'eau trouble. Après quelques dizaines de mètres, Fred s'est rapproché de la surface inondée par le bouillant soleil de juin. Il émerge et aperçoit le fanion bleu et blanc ainsi que le bateau. Il ôte son détendeur, saisi par une irrépressible envie de hurler, mais il ne peut émettre le moindre son car il suffoque. À côté de lui, paisible, Mario flotte. Fred se dit qu'il sort d'un cauchemar, que Mario lui a fait une blague. Ce n'est pas possible ! Ça ne peut pas finir de cette façon ! Avec peine il le hisse sur le bateau et lui glisse un coussin sous la nuque, comme s'il vivait encore. Puis il lui enlève son masque et recouvre sa tête d'un vêtement ne pouvant supporter ce regard éteint où il voudrait à tout prix déceler une lueur de vie. Autour de lui la nature exulte, les rives bourdonnent d'activité enthousiaste, ce qui rajoute encore à son malheur. Il a en tête les images du swastika, maudite croix gammée, de la croix de fer, du fuselage dépecé par l'eau et surtout celle de Mario se démenant rageusement pour mettre au jour l'avion. Il lui semble revenir d'un voyage dans le temps ; le sentiment d'avoir traversé une époque en quelques minutes. Et puis aussi, ce malaise éprouvé au voisinage des débris de l'aéronef, comme un avertissement, une limite à respecter pour ne pas être happé par la malédiction.

D'un coup, tout se bouscule dans son esprit : alerter des secours désormais inutiles, ramener ce corps inerte, semblable aux gisants de l'abbaye d'Hautecombe toute proche, et l'exposer aux regards inquisiteurs de badauds malsains, s'expliquer avec les autorités, défendre, justifier, se disculper... et surtout n'entacher en rien la mémoire de Mario, son frère.

Alors, au moment où il repart vers le port, il prend une décision irrévocable : pour tous, Mario aura été victime d'un banal accident de plongée, emportant avec lui le secret de sa découverte ; Fred ne révélera à personne l'histoire de l'épave, ni son emplacement. La nature pourra ainsi poursuivre son travail de corrosion et d'enfouissement jusqu'à l'effacer complètement.

Cette pensée le réconforte et il se dit que Mario aurait agi de la même façon.

À cet instant, il songe aux Allemands restés dans l'avion : deux ? Trois ? Qu'importe. Passés près des étoiles pour ensuite gagner le royaume des profondeurs, ils ont droit, eux aussi, au silence et à l'éternité.

La seule paix qu'ils aient connue c'est ici, dans cet avion qui les retient prisonniers depuis cinquante ans comme un imposant sarcophage qu'on aurait oublié là.

II

Dérobé par la nuit qui étouffe le ronflement puissant de ses moteurs, le *Focke-Wulf 58* de la *Luftwaffe* vient de virer nettement à l'est. Les lueurs frissonnantes de l'aéroport de Bron meurent doucement dans l'obscurité, et seuls les éclairages parcimonieux des cadrans trahissent un souffle de présence dans le cockpit. Les yeux rivés sur un horizon invisible, quatre silhouettes, estompées par le vert-de-gris d'uniformes rêches, s'affairent en silence avec une économie de gestes précis, dans une atmosphère grave, rendue presque oppressante par le caractère de leur mission. Le *Feldwebel* Friedrich Müller, seul maître à bord, semble, par sa posture un peu voûtée, ployer sous l'importance de la charge, et, saisissant un bref répit, il revoit le déroulement de cette nuit éphémère.

Vers vingt-trois heures trente, c'est le coup de fil de l'*Oberstleutnant* Werner lui intimant l'ordre de former en urgence un équipage et d'activer la préparation d'un *FW58*. Au début, il tergiverse, car il ne supporte plus les instructions dénuées de pertinence qui exposent souvent la vie des pilotes, mais devant les menaces de sanction il finit par rentrer dans le rang. Alors, il réveille les mécaniciens dont le regard hostile traduit une lassitude grandissante et il tente de former la meilleure équipe possible, l'*Oberstleutnant* ayant vivement insisté sur le secret qui doit entourer le vol.

Trois heures se sont écoulées : les pilotes sont prêts, l'avion paré pour le décollage, et Friedrich attend toujours sur le tarmac, submergé par l'exaspération. « Mais pour qui se prennent-ils ces seigneurs de la *Kommandantur* ? Savent-ils que nous ne sommes pas des combattants comme les autres ? Se souviennent-ils que le *Focke-Wulf* est un milan et que les rapaces ne s'habituent pas à rester au sol, qu'ils sont nés pour régner sur l'azur ? Se rendent-ils compte… »

Sa diatribe silencieuse s'achève soudain car il vient d'apercevoir un convoi qui pénètre lentement sur les pistes de l'aéroport. Les points lumineux se rapprochent en cahotant et, lorsqu'ils parviennent à quelques mètres de lui, Friedrich découvre deux camions bâchés qu'escortent six véhicules remplis d'hommes armés qui sautent à terre avant même l'arrêt complet. Ce déploiement de forces l'inquiète et l'intrigue.

Un *Major*, sorti de nulle part, s'avance vers lui, nanti d'un ordre de mission et l'entraîne à l'écart pour un rapide entretien. De ces quelques mots, Friedrich retient l'essentiel à savoir « réussir ou mourir ». Puis les bâches arrière des camions s'ouvrent et les soldats commencent à charger dans l'avion des caisses qui paraissent aussi pesantes qu'inviolables. À plusieurs reprises Friedrich intervient pour faire équilibrer le chargement, craignant en outre que l'avion ne soit trop lourd !

Finalement il a réussi, non sans mal, à arracher le bimoteur de la piste et il en a éprouvé un immense soulagement. En même temps, il a ressenti une colère diffuse à l'égard de ce Werner et de tous les caciques de la *Kommandantur*.

À présent, ils volent paisiblement tous les quatre.

À côté de lui, le caporal Hans Zimmermann, élève-pilote comme Karl Vogel assis à l'arrière près du radio, le taciturne Konrad Ritter. L'objectif est simple, tout du moins en apparence : rallier la Suisse, atterrir sur un aérodrome discret où des Allemands en civil les attendront, puis repartir après le déchargement des caisses…

Friedrich se demande ce que signifie ce micmac et il s'interroge sur le contenu de la cargaison. Pourquoi la Suisse ? Pourquoi des civils ? Quel est ce secret pour lequel il met en gage sa vie et celle de ses pilotes ? Pour dire la vérité, il ne supporte plus d'être planté sur cet aéroport qu'ils occupent depuis deux ans et cette mission est le vol de trop.

– Tu sais, Hans, de quoi je rêve ?
– Non, mon adjudant.
– Je rêve de voler sur un avion bleu et blanc.
– Ah ! bon ?
– Oui. Bleu et blanc, Hans, parce que j'en ai marre de ces avions couleur de merde ou de moisissure, j'en ai marre de cette putain de croix gammée et j'en ai marre de cet abruti d'Hitler ! !

La stupéfaction marque les visages et on sent même une forte réprobation chez Ritter, le radio qui, par précaution, muselle aussitôt ses instruments.

– Soyez prudent, mon adjudant, réplique mollement Vogel.

– Être prudent ! ! Tu me fais marrer Karl ! Est-ce que nous les pilotes, aryens de surcroît, nous pourrions être de la race des gens prudents ?
– Je voulais dire… faites attention…
– Ce qu'il veut dire, mon adjudant, c'est qu'on vous aime bien et on ne voudrait pas qu'il vous arrive malheur, renchérit Zimmermann.
– Mais mes petits gars, le malheur il est déjà en route depuis longtemps, grâce à ce con d'Adolf !
– Vous n'avez pas le droit de parler comme ça ! lance alors Ritter, nous sommes des soldats du *Reich* !
– Toi, Ritter, je t'emmerde. Occupe-toi de ta radio et fous-nous la paix ! !
– S'il vous plaît, mon adjudant, calmez-vous… dit Vogel sans conviction.
– Mais je suis très calme, mon cher Karl, j'essaie simplement d'ouvrir les yeux à trois petits merdeux naïfs et sans expérience !
– Comment ?
– Mais oui. Vous ne voyez donc pas que nous sommes en train de perdre la guerre. L'état-major le sait bien et s'attend à un débarquement imminent. Vous êtes bien les seuls à croire encore à une hypothétique victoire. *Kaputt* le *Reich*, Ritter ! *Kaputt* ! !

– Müller ! ! vous perdez la tête, je serai obligé d'en référer à nos supérieurs !
– Ne te gêne pas, Ritter, appelle-les tout de suite ! Surtout que nous sommes en mission secrète ! Ça va leur faire un drôle d'effet ! Tiens, au fait, mes petits agneaux, on transporte quoi dans ces caisses à votre avis ?
– Je ne sais pas, mon adjudant, et d'ailleurs je préfère ne pas savoir…
– Tu as raison, Hans, il vaut mieux ne pas savoir, parce que cette cargaison elle pue la mort. Mais tu ne m'enlèveras pas de l'idée que son contenu ne sera pas perdu pour tout le monde et nous, nous sommes les larbins, justes bons à risquer notre vie pour les grands pontes de Berlin. Tiens ! j'ai une idée : on pourrait atterrir dans un endroit tranquille, ouvrir les caisses et peut-être sauver notre peau avec ce qu'elles renferment. Ce serait mieux que de se faire fusiller par les résistants ou bombarder par les Américains, non ?
– Mon adjudant, nous avons une mission, nous sommes des soldats, et puis pensez à votre femme, vos…
– Ma femme, mon petit, la dernière fois que je suis allé en Allemagne… et puis, merde, j'ai pas envie d'en parler !

Friedrich s'était aussitôt renfermé sur lui-même. Sa dernière permission remontait à six mois. Quarante-huit heures. Juste le temps d'un aller-retour. Juste le temps de surprendre sa femme dans les bras d'un autre. Juste le temps d'appréhender la catastrophe qui va s'abattre sur l'Allemagne. Quarante-huit heures pour comprendre que la vie du *Feldwebel* Müller est comme son pays, en faillite. Lorsqu'il repart pour la France, partout la même impression de mort annoncée et d'abandon, comme les dernières notes d'un orchestre qui n'a plus envie de jouer. Et les responsables de ce désastre, derrière quels murs de certitudes se cachaient-ils maintenant ? Assuraient-ils leurs arrières comme le laissait supposer ce chargement qu'il convoyait en Suisse ?

Alors Friedrich se dit que c'est le mois d'avril et que même en Allemagne il doit bien y avoir des endroits où les cerisiers fleurissent encore. Il aimerait tellement pouvoir profiter de toutes les couleurs et odeurs du printemps, petites renaissances de la vie, et surtout rentrer chez lui pour en finir avec cet univers de terreur et de précarité. Mais ce rêve lui semble brusquement inaccessible car à l'image de ces milliers de soldats, il est enchaîné à la folie criminelle de dirigeants fanatiques et aliénés.

Déjà quarante minutes de vol. On est loin des prémices de l'aube mais grâce à la pleine lune les contours du relief se font plus précis. Friedrich connaît bien le terrain car il vient souvent entraîner ses pilotes dans la région. Il sait que le Rhône est proche, et en virant au sud, on domine le lac du Bourget enserré par deux montagnes principales qui forment une espèce de couloir.

– Allez, les gars ! je vous offre une petite balade au-dessus du lac !
– Mais mon adjudant… et le plan de vol ?
– Pas de plan de vol aujourd'hui, mon cher Hans !
– Müller, vous êtes complètement fou ! Ça ne se passera pas comme ça !
– Toi, Ritter, je t'ai déjà dit de la fermer, sinon je quitte mon poste et je viens te corriger comme j'ai corrigé l'amant de ma femme ! C'est moi qui commande ce putain d'avion, c'est clair ?

Et Friedrich commence à obliquer vers le sud en amorçant une légère descente puis, une fois dans la bonne direction, il diminue encore l'altitude. Il s'est éloigné d'une avancée de montagne et survole maintenant les grandes peupleraies de Chautagne à la géométrie trop régulière. Dans le cockpit la tension est extrême, mais personne n'a osé contester la décision du *Feldwebel* Müller, même Ritter qui a fini par abdiquer devant la violence verbale de son chef pilote.

Alors, chacun se concentre sur sa tâche, préoccupé par la décision hasardeuse de Müller. L'avion continue à perdre de l'altitude et atteint la lisière des forêts de peupliers. Tout en bas on distingue une zone de marais bordée par le canal qui musarde à flanc de montagne et, en face une petite route posée au milieu des roseaux où la lune a disséminé des milliers de flaques d'étain. En d'autres circonstances ce pourrait être une scène fantasmagorique mais pour l'heure, personne ne songe à profiter de ce tableau en clair-obscur, pas même Friedrich qui semble avoir franchi la frontière d'un autre monde. La petite route se rapproche et l'avion descend toujours, offrant ainsi une vision plus nette des marécages. Zimmermann jette un bref coup d'œil pour évaluer la marge de sécurité. Ça va. Et puis il a confiance en Müller, pilote d'exception qui lui a tout appris.

– Hé ! les gars, si on se payait une petite séance de rase-mottes sur le lac avant de livrer ces foutues caisses ?
– Mais, chef… vous savez bien que c'est interdit !
– Interdit par qui ? Je te l'ai déjà dit. Nous sommes à l'aube, l'aube de la défaite. Plus de *Reich* ! plus de *Führer* ! Moi, je vais te montrer ce qu'est la force de l'Allemagne, enfin, ce qu'elle aurait pu être…

– Müller ! cette fois ça suffit ! Vous nous faites prendre des risques inutiles ! Reprenez le cap ! Sinon je…
– Ta gueule Ritter ! Ta gueule. Et surtout, ouvre bien tes yeux. Je vais vous faire voir de quoi on est capable dans la *Luftwaffe* !

L'avion vient maintenant de dépasser la petite route qui entaille le marais et sa trajectoire bien maîtrisée lui permet d'éviter une bâtisse en pierres semblable à une île au milieu des roseaux. Cependant le changement de direction a provoqué un bruit sourd dans la carlingue ; apparemment une caisse mal arrimée qui a dû glisser. Mais il en faut plus pour désarçonner Müller qui a déjà été abattu à deux reprises. À présent, on n'est plus qu'à trois ou quatre mètres au-dessus des marécages et d'un coup, le lac se livre dans son intégralité comme un gigantesque miroir gris acier légèrement irisé de bleu-noir par les vestiges de la nuit. Dans la cabine, l'atmosphère est viciée car chacun s'enferme dans un silence différent et ce ne serait pas pire si les pilotes étaient au combat. Au cas où les sentiments qui les assaillent viendraient à éclater au grand jour, l'avion s'avérerait très rapidement ingouvernable : Zimmermann et Vogel sont inquiets mais en même temps, ils se fient à leur chef ; Ritter, lui, est effaré et se jure de ne plus jamais voler avec ce cinglé ! Quant au *Feldwebel* Müller, il s'est lancé dans un défi dont il n'a peut-être pas mesuré toute l'ampleur, mais son désenchantement est tel que plus rien ne peut l'atteindre, pas même la perspective de la mort. La dernière ligne de roseaux est franchie à pleine vitesse et l'avion est carrément au ras de l'eau, quand tout à coup Friedrich Müller aperçoit un énorme tronc d'arbre qui flotte juste devant lui.

Trop tard ! L'aile droite heurte alors l'obstacle avec fracas et se brise sous la violence du choc. Des débris sont projetés dans tous les sens et l'avion effectue un tour sur lui-même en piquant du nez, tandis que les moteurs rugissent une dernière fois avant de sombrer dans les eaux ténébreuses.

Très vite, le *Focke-Wulf 58* se met à couler et entraîne par vingt mètres de fond les hommes à demi conscients. Avant l'accident, il n'y a pas eu un mot, pas un cri, tant l'équipage était sidéré. Sauf, peut-être un *mein Gott* de désespoir.

Après ces quelques secondes de furie, le lac retrouve sa quiétude, et seules quelques vaguelettes moirées témoignent encore du naufrage que l'aurore va tenter d'effacer.

III

Derrière la barque s'ouvre un sillon noirâtre et frissonnant, dans un silence à peine troublé par les rames qui fouettent l'eau avec retenue. Par moments, les cris étouffés d'un couple de grèbes s'élèvent comme une plainte et c'est à peu près tout. À cette heure où le jour et la nuit n'ont pas mis fin à leur étreinte, nul bruit de route ou de train, pas le moindre soupçon d'activité humaine. On est dans ce territoire que se disputent le lac et les marais, au gré des caprices du temps ; des roseaux moins touffus qui disparaissent à certains endroits comme s'ils voulaient s'échapper du marécage et se perdre dans les profondeurs. Parfois, la barque crisse sur un îlot de tourbe enfoui et dévie de sa trajectoire en amorçant un léger roulis, mais des gestes sûrs la ramènent dans la direction initiale pour lui faire suivre la lisière des marais, frontière ténue entre un espace végétal d'apparence impénétrable et la vastitude du lac. Plus près des rives, des écharpes de brume bleutée s'étirent maintenant le long des saules et des aulnes qui endiguent l'avancée des roseaux, mais la pleine lune s'applique à chantourner les silhouettes de chaque herbe ou arbuste. C'est avril avec ses promesses de nature en résurgence et ses explosions de plantes, de fleurs et d'arbres qui vont enluminer un tableau resté trop longtemps dans la grisaille. D'aucuns espèrent que ce sera aussi le printemps du monde et que les couleurs de la liberté viendront bientôt inonder ces ténèbres dans lesquelles la guerre les a plongés. Pourtant, on dirait que rien n'a changé en ces lieux ; le lac et sa ceinture de montagnes ressemblent à une oasis que la folie des hommes aurait épargnée, même si, de temps à autre une porte entrebâillée laisse passer des bruits et des témoins qui rappellent aux gens d'ici la proximité de la bataille.

La barque continue à froisser la surface de l'eau et progresse discrètement vers l'embouchure du canal en se coulant dans cette nuit où le bleu et le violet s'affrontent dans une lutte indécise. À nouveau de brefs cris d'oiseaux, colverts ou foulques peut-être, quelques coassements, mais rien qui puisse vraiment transpercer cette atmosphère feutrée et protectrice.

L'aube se dissimule encore un peu et une légère brise exhale l'odeur du lac, indéfinissable mélange, effluves de poissons et de vase, une odeur fraîche et vivifiante qui se mêle à celle du marais légèrement plus fétide. Il faut être né là pour voir, sentir, entendre et comprendre les messages occultes que délivre cette étendue sauvage où l'homme est seulement toléré. La vue du village se réduit tandis que la barque oblique vers l'est en direction de modestes falaises rocheuses, prolongées sous l'eau par des tombants redoutables ; encore une centaine de mètres et l'embarcation va doubler les deux énormes pieux rouillés marquant l'entrée du canal. À ce moment les rames cessent de battre et se mettent à flotter nonchalamment, freinant à peine le bateau. On n'entend plus alors qu'un léger friselis de chaque côté et on aperçoit un homme qui se dresse.

L'homme c'est Simon Fauraz.

Simon Fauraz est pêcheur. Enfin, pour ce qui reste de la pêche… car depuis le début de la guerre tout est bouleversé. Certains sont prisonniers, d'autres ont disparu, quant à ceux que le village a retenus, ils vivotent en perdant peu à peu les valeurs qui les unissaient. Chacun se débrouille pour subsister et, en ces temps de misère, le blanc, le noir et le gris ont du mal à se différencier. On s'arrange avec le droit pour gommer l'interdit et tous les sentiments semblent falsifiés par cette conjoncture ambiguë qui donne l'impression d'avoir affaire à une guerre intermittente et parfois lointaine. L'absence de l'ennemi sur les eaux du lac accentue encore ce trouble, et même si on se sent plus libre qu'ailleurs, on sait que la mort rôde tout près et peut frapper sournoisement.

Alors Simon Fauraz fait comme tout le monde. Il pense d'abord à lui. À lui... et à sa mère Louise dont le dos se voûte chaque jour un peu plus, comme une espèce de tribut à l'adversité. En dix-sept, la mort d'un mari sur le front; l'enfant qui naît juste après; une famille décimée. Survivre sur un pauvre lopin de terre. Se louer à droite et à gauche, le corps usé jusqu'à l'impossible. Avant tout nourrir l'enfant et s'il reste quelque force, l'aimer peut-être. De son père, Simon n'a gardé qu'une photo jaunie et craquelée d'un poilu avec un fusil, des filets troués par endroits, un matériel disparate et la vieille barque de mélèze à fond plat. C'est peu pour savoir d'où l'on vient mais très tôt, il décide qu'il sera pêcheur. Il sait bien qu'il ne sera jamais riche, qu'il n'aura jamais une propriété comme celle des De Rivoire, celle qu'on surnomme le « château » et qui dresse avec orgueil ses cyprès au-dessus de la rive où dort un bateau rutilant, abrité par une tonnelle sur pilotis. Mais qu'importe, le lac est son domaine, un espace de liberté où, hormis le vent et les orages, personne ne peut lui dicter quoi que ce soit. Pas même les vieux avec qui il pêchait autrefois à la senne, ce grand filet qu'on traîne à deux bateaux et qui peut emprisonner plusieurs dizaines de kilos de lavarets. Lorsque Simon avait hérité des parts détenues par son père dans l'une des petites sociétés de pêche, les trois vieux, « sennateurs » comme on les appelait, lui en avaient fait baver. Forcément, un jeune qui ne connaît rien au métier, on perd du temps à tout lui apprendre. D'autant que Simon est un rêveur et le moindre cri d'oiseau le détourne de son travail. À l'école, c'était déjà comme ça: il lui suffisait d'un scintillement sur l'eau, d'un vol de mouettes ou du passage d'un vapeur, pour s'évader par la fenêtre de la classe qui surplombait le lac. À force, l'instituteur finissait par perdre patience. Alors, dès qu'il a pu, Simon a quitté l'école et remis en état la barque de son père. Il a commencé à pêcher avec les « sennateurs » puis très vite son besoin d'indépendance l'a obligé à quitter la société, provoquant la colère des vieux pêcheurs qui l'accablèrent d'insultes.

Désormais, il pêche seul et s'arrange pour éviter les coins trop fréquentés, quitte à revenir avec un maigre butin. Du moment qu'ils arrivent à vivre, sa mère et lui… Toutefois, certains ne se privent pas de lui jeter des regards narquois et les moqueries sourdes qui fusent à son passage semblent le mettre à l'écart, chaque jour un peu plus. Malgré tout, il fait montre de sérénité. Ni haine, ni crainte. Il parle à ceux qui le méritent et ignore les imbéciles. C'est mieux ainsi. Ce matin donc, il s'est levé à trois heures, car il aime surprendre le village dans son sommeil. Passer sans bruit devant chaque maison et imaginer ce qu'elle recèle de secrets, de petits bonheurs ou de vilenies. Descendre ces rues escarpées qui vous jettent en un clin d'œil vers le lac et se prendre pour le monarque d'une cité abandonnée. Impressions de pouvoir dérisoire et éphémère. Ensuite, au bout du petit chemin qui traverse le pré, s'enivrer de l'odeur fraîche de l'eau et du vent qui chuchote dans les branches d'un saule. Puis, cette anse minuscule, délimitée par une modeste digue en pierres dont la pointe meurt lentement dans les vagues, et par la plage de galets que ponctuent deux ou trois bouquets de roseaux encore jaunes, abrités par un vieux noyer ayant poussé là sans qu'on y prenne garde. Ouvrir la porte vermoulue de la vieille grange où les filets sont cramponnés à des barres de bois, et transporter le matériel de pêche jusqu'à la barque qui est en train de somnoler à l'abri de la digue. Reproduire ces gestes séculaires par expérience autant que par intuition. Enfin, toucher au moment convoité où l'on se libère des attaches terrestres pour glisser sans entraves sur le lac, insidieux miroir qui dissimule ses profondeurs à l'attrait redoutable. Se sentir alors maître du monde et changer cet esquif en navire de conquistador à l'assaut de terres inconnues, transformer cette nappe d'eau en mer infinie et oublier que l'on vient juste de quitter le monde des hommes, ce monde qui, vu de là, paraît si étriqué et grotesque.

Simon se dresse dans la barque et laisse flotter les rames, freinant ainsi sa progression, comme pour mieux capter les odeurs du lac, les sautes de vent, ou les plaintes d'oiseaux, comme s'il cherchait les indices d'une présence, celle du poisson sans aucun doute. De la sorte, il entre en communion étroite avec tous les éléments qui l'environnent, et c'est pour cette raison qu'il part toujours avant les autres, fuyant les lieux trop courus. Deux ou trois minutes plus tard il se rassied et reprend les avirons. Il sait maintenant qu'il doit se diriger vers les falaises de la pointe rocheuse de Châtillon, juste à l'aplomb du château. En effet, dans cette zone les tombants sont assez rudes et la pêche s'avère souvent fructueuse.

Mais à l'instant où il s'apprête à remettre les rames en mouvement, un bruit sourd de moteur semble arriver de la peupleraie. Un avion, si bas ? Le bruit se rapproche.

Cette fois, il en est sûr, ce ne peut être qu'un avion. À une heure pareille, c'est incroyable ! L'avion a dû dépasser la lisière des peupliers et donne l'impression d'avoir perdu de l'altitude. Brusquement, Simon se lève et scrute l'espace bleuté au-dessus des roseaux. On entend le moteur qui reprend de la puissance, mais toujours rien en vue. Le vrombissement résonne tout à coup au ras des marais et éclate dans le silence. Le cœur de Simon bat de façon irraisonnée et l'angoisse le gagne. Il se dit que ce n'est pas possible, qu'on ne peut pas voler si bas ! En même temps, il se tient sur ses gardes en guettant l'endroit où l'avion va sortir du marais. Car il en est sûr, le bruit avance à toute allure vers le lac. Soudain, de derrière la bâtisse en pierres posée au milieu des roseaux, il aperçoit, surgissant à cent mètres devant lui, une énorme masse sombre qui emplit la nuit d'un vacarme effrayant. Il a juste le temps de saisir quelques images au passage : d'abord les bandes blanches qui cernent la croix de fer, la dérive avec sa croix gammée et, ce qui l'impressionne le plus, l'ombre de l'avion que la lune projette sur le lac et qui lui paraît aussi démesurée que menaçante. Puis tout va encore plus vite : l'obstacle flottant sur l'eau, l'aile droite qui le touche et l'incroyable pirouette de l'aéronef dans un fracas épouvantable. Les moteurs geignent une dernière fois tandis que l'avion s'immobilise et finit par piquer du nez avant de disparaître complètement, rendant ainsi au lac sa tranquillité.

Simon est paralysé. Il regarde autour de lui. Aucun bruit. Personne. Il est le seul témoin de cette tragédie imprévue. Pendant quelques minutes il reste immobile tout en étant pris de panique, et une irrésistible envie de fuir le gagne. Non ! En être charitable, il reprend les rames et se dirige à toute vitesse vers le lieu de l'accident. Oui, bien sûr, les autres diraient :

« Ce sont des *boches* ! Y a qu'à les laisser crever ! »

Mais lui, Simon, il est différent, même si les Allemands ont tué son père en dix-sept. Il se dit souvent qu'il y a des braves types partout, et puis ceux-là, ils ont peut-être des gosses qui les attendent. Lui aussi, il en a passé des nuits à attendre son père, même si on lui rabâchait qu'il ne reviendrait jamais. Depuis cette époque d'ailleurs il hait ce mot « jamais » et s'applique à le chasser de ses conversations. Alors, il rame comme un forcené pour essayer de sauver ces aviateurs. La barque fend l'eau avec rage et en quelques instants il se retrouve à l'endroit précis du naufrage. Sur place, une odeur âcre de fumée et d'essence le saisit, l'obligeant à reculer. Il s'empare donc d'un falot et tente d'éclairer la scène du drame, distinguant seulement de rares débris qui flottent dans une mare huileuse et moirée. Plus loin, le tronc d'arbre s'éloigne peu à peu, propulsé par le choc.

Simon voudrait hurler, appeler à l'aide, mais c'est inutile. À cette heure, qui l'entendrait ? Il se penche à nouveau, agite sa lanterne, cherchant quelque trace de vie. Bon Dieu ! Il sait qu'ici il n'y a pas trop de fond. S'il faisait jour on pourrait plonger ! À plusieurs, on sauverait ces types ! Avec des cordages, des grappins... Il se retourne mais il est toujours seul. Rien n'a bougé du côté du port et aucun bateau ne vient à sa rescousse. Il est tellement désespéré qu'il se met soudain à hurler. Un cri de loup mortellement blessé qui ricoche sur l'eau et vient chasser du marais une petite tribu d'oiseaux. Un deuxième cri qui s'éteint comme le premier, soulignant encore son impuissance.

Finalement, Simon se résigne à ranger son falot ; cependant, avant de repartir, il prend soin de baliser l'endroit discrètement. Un petit morceau de liège, quelques plombs qu'il arrache aux filets. On ne sait jamais...

Puis il tourne la barque en direction du village car il n'a plus vraiment le cœur à pêcher.

Ses coups de rame sont légers et réguliers, comme s'il avait peur de frapper l'eau, comme s'il cherchait à respecter la mort silencieuse qui vient d'envoyer quatre vies par le fond. Il rame machinalement, mais des questions, auxquelles il ne juge pas nécessaire de trouver une réponse, commencent à le tenailler. Cet avion, que faisait-il ici en pleine nuit ? Transportait-il des choses ou des gens importants ? Pourquoi est-il descendu si bas ? Panne de moteur ? Voulait-il rejoindre l'aérodrome qui se trouve au sud du lac ? Tout ça est trop compliqué pour un pauvre pêcheur. Trop compliqué mais aussi trop lourd. Alors Simon se dépêche de rentrer. Il arrive maintenant près du village. Encore quelques dizaines de mètres et il va atteindre la digue. Il accélère la cadence. Pourvu que personne ne l'ait vu…

Il amarre le bateau, le vide à la hâte et jette les filets dans la grange, puis dédaignant le chemin, il coupe par le pré et emprunte une ou deux ruelles à l'écart des habitations.

On dirait que cette tragédie l'étouffe, le terrorise, et quoi qu'il arrive, il ne parlera pas de ce qu'il a vu et entendu. Il ne dira rien au sujet de ce naufrage, pas même à sa mère. S'il veut éviter les ennuis, on ne doit pas savoir qu'il est l'unique témoin de l'accident et nul ne pourra lui extorquer des renseignements pour localiser l'épave. Autant dans un souci de sécurité que par respect pour les aviateurs disparus.

Simon arrive enfin chez lui. Il jette un dernier coup d'œil avant de rentrer mais le village n'est toujours pas sorti de sa léthargie, même si par endroits certaines fenêtres s'allument, annonçant un réveil imminent. Sans bruit, il referme la lourde porte en chêne dont l'épaisseur semble être en mesure de protéger son secret. Une fois qu'il a tourné la clé, il reste adossé à la porte et respire profondément comme s'il venait d'échapper à un grave danger. À travers le carreau, la pleine lune projette des silhouettes sur la table de la cuisine : l'une d'entre elles qui comporte deux extrémités effilées se met soudain à grossir et, en un éclair, Simon revoit l'ombre de l'avion se poser sur l'étain du lac.

Instinctivement, il a fermé les yeux et, lorsque son regard se pose à nouveau sur la table, il ne reste que l'ombre du luminaire. D'emblée, il comprend que cet avion fantôme risque de hanter ses nuits pour très longtemps encore.

IV

Simon s'est allongé sur son lit, tout habillé, mais il n'a pas fermé l'œil. Vers sept heures, il entend sa mère dans la cuisine. Elle est en train de raviver le feu car à cette époque il fait encore cru, d'autant que le soleil passe très vite derrière la montagne où s'agrippe le village. À contrecœur, Simon décide de se lever. Il va falloir se mettre à mentir. Déjà.

Son pas dans l'escalier a surpris la mère.

– Tiens, tu es déjà là ? Je te croyais à la pêche ?
– Non… finalement, je suis revenu.
– C'est bien la première fois ! Qu'est-ce qui se passe ?
– Oh ! hier j'ai pas bien paré les filets ; alors ce matin je me suis énervé… du coup je suis rentré.

– Toi, quand tu ne pêches pas c'est qu'il y a quelque chose qui cloche ! Je suis sûre que c'est à cause des « sennateurs » ! Ils t'ont encore fait un coup en vache ?
– Mais qu'est-ce que tu vas inventer ? Je t'ai dit que les filets étaient pas parés comme il faut ! Et puis de toute façon, j'ai du bois à couper.
– Je sais. Tu ne veux jamais rien me dire. Mais moi je devine tout. Ah ! si ton père était là, il réglerait bien les comptes.
– Écoute ! Mon père, comme tu dis si bien, ça fait presque trente ans qu'il est accroché au mur, et c'est pas demain la veille qu'il va venir s'occuper de nos problèmes. Alors maintenant fais-moi plutôt un café !
– Bon. C'est toujours pareil. J'ai l'impression qu'on est deux étrangers. C'est triste de ne pas réussir à se parler franchement.

Simon regrette un peu d'avoir été désagréable avec sa mère mais il n'avait pas le choix. Et puis c'est vrai qu'elle l'agace à vouloir le couver, maintenant qu'il a presque trente ans ! Aussi, il avale son ersatz de café d'un trait et sort pour aller scier du bois. Après avoir débité quelques frênes graciles, il empile avec soin les bûches sous l'appentis qui jouxte la grange, mais ses gestes sont mécaniques, tant il est obsédé par l'incroyable vision de la nuit précédente. Depuis qu'il est revenu au village, des sentiments troubles et contradictoires l'assaillent. Doit-il garder le secret ou vaut-il mieux se libérer de ce fardeau en informant le maire et les autorités ? Si seulement il était sûr de ne pas avoir été repéré…

Alors, pour en avoir le cœur net, vers onze heures il descend au lac, sous prétexte de s'occuper des filets. Il est passé devant la maison des Châtel qui fait face à la sienne et comme d'ordinaire, le vieux Joseph l'a salué d'un signe de tête, à l'économie ; puis il a rejoint la départementale qui coupe le village pour aller serpenter en direction du col du Chat ; ensuite il a croisé trois femmes engagées dans une conversation très animée et, au moment où il a bifurqué pour prendre le chemin de la grange, il s'est trouvé nez à nez avec Alexis Bouvier et Charles Masson qui rentraient de la pêche. Décontenancé par cette rencontre inopinée, il s'est mis à bafouiller, mais fort heureusement les autres sont plus préoccupés par leur récolte et la mauvaise qualité de leurs prises. Aucune allusion à l'avion, ce qui le rassure un peu. Il se dit que les deux pêcheurs ont dû partir juste après son retour et qu'ils ne l'auront certainement pas vu, puisque le port où ils amarrent leurs barques se situe au sud du village, lové dans un repli rocheux.

Arrivé à la digue, il vérifie les attaches de son bateau et entre dans la grange. Pour s'occuper l'esprit, il range quelques nasses, étend les filets qu'il a jetés en vrac cette nuit, puis il s'assied sur la vieille chaise du grand-père pour en ravauder d'autres. Il s'absorbe dans sa tâche mais au bout de quelques minutes son regard s'échappe par la fenêtre où s'inscrit le lac dont il peut embrasser la partie nord, et fatalement, il se fixe sur les parages de l'accident. En avant du marais, quelques lambeaux de brume grise, presque transparente, viennent s'estomper dans la flaque de lumière qui commence à éblouir les falaises blanchâtres. La promesse d'une belle journée malgré la fraîcheur mordante d'avril. Une journée empreinte de sérénité, de ces instants où la nature vous fait vibrer sans raison apparente. Mais très vite Simon revoit l'ombre de l'avion qui surgit, puis le fracas de sa culbute et la brutale disparition. À ce moment-là, il croit même entendre le vrombissement d'un moteur d'avion : cette fois, il a vraiment l'impression de devenir fou ! Il sort aussitôt de la grange et se rend compte qu'il n'a pas rêvé : le bruit de moteur était bien réel car il aperçoit un avion en train d'amorcer sa descente. Lorsque ce dernier se rapproche, Simon distingue nettement les croix allemandes dont la seule vue le glace. L'avion survole maintenant le lac à basse altitude et se dirige vers le sud, après avoir dépassé le promontoire du château. Simon se sent soulagé mais pas pour longtemps car il voit virer l'avion en direction de la montagne et longer la rive en sens inverse. Deux ou trois minutes s'écoulent pendant lesquelles le *FW 58* disparaît, camouflé par les pans montagneux, puis il jaillit brusquement à une centaine de mètres au-dessus de la grange. Cette fois, Simon a peur pour de bon. Et si le lieu du naufrage venait à être repéré ? Si on retrouvait le morceau de liège lesté ? On aurait tôt fait de remonter jusqu'à lui, car ici tout le monde sait qu'il est toujours le premier à partir. Il scrute avec anxiété le ciel et suit la trajectoire de l'avion qui passe à l'aplomb du village et se dirige vers l'extrémité du lac, puis se met à tournoyer vers le marais avant de s'élever encore un peu et s'évanouir derrière les cimes des peupliers. Simon reste aux aguets. L'attente est brève : on entend le moteur qui se rapproche, mais toujours rien en vue. Finalement, le *FW 58* ressort de l'autre côté du rocher où se dresse le château et semble fureter le long de la rive opposée. Après quelques allers-retours il reprend progressivement de l'altitude et finit par se volatiliser au-delà des montagnes. Simon a du mal à calmer ses angoisses et décide d'abandonner sa besogne. De toute façon il est bientôt midi.

En remontant, il n'a pas croisé grand monde et il lui faut arriver à proximité de la mairie pour retrouver des signes de vie. C'est la sortie de l'école et les gosses s'égaillent joyeusement dans les ruelles du village. On ne dirait pas qu'il y a la guerre. Et pourtant chaque famille porte sa croix ; mais il semble que l'enfant, par sa candeur ou son insouciance, parvienne à conjurer les pires malheurs. Alors, Simon s'attarde quelques secondes devant l'école, troublé par d'indéfinissables regrets. Le silence revenu, il prend juste le temps de saluer mademoiselle Lamarche l'institutrice, une jolie brunette qui l'intimide, puis il repart. Les piaillements des écoliers lui ont octroyé un peu de répit mais il est vite rattrapé par ses préoccupations. Aussi, en voyant Marcel Pugieu qui sort de son écurie, il ne résiste pas à l'envie de lui parler. Il prétend avoir besoin d'un outil et en profite pour évoquer la pêche, la situation politique, voire le temps qu'il fait. Pugieu est un vieux bourru qui a des avis sur tout. Cependant, il ne parle pas du naufrage et n'a même pas l'air d'avoir remarqué l'avion de ce matin, ce qui surprend Simon mais lui redonne un peu d'assurance.

Durant le repas, les mots sont rares. Quelques potins glanés par la mère, les soucis récurrents liés à la subsistance, rien qui puisse faire rêver. De toute manière, après quatre années de guerre, qui a encore les moyens de rêver, fût-ce dans un lieu aussi sublime ? Louise Fauraz voudrait bien savoir ce qui tracasse son fils et elle épie ses moindres gestes, scrutant ses yeux pour y lire quelque indice, mais Simon s'est verrouillé comme il le fait depuis l'enfance, instinctivement, pour se protéger. Et justement, dans le cas présent, il doit redoubler de vigilance. Se méfier de tout et de tous. Du coup, il abrège le repas et retourne à son ouvrage.

Même si le lac reste son domaine de prédilection, il aime bien le bois et toutes les senteurs qu'il véhicule, depuis la fraîcheur des mousses jusqu'à l'odeur un peu acidulée de la sciure. Et là encore, décrypter les messages de la nature en lisant sur les écorces ou en dénombrant les cernes de l'arbre, cet arbre que l'on se doit de respecter après l'avoir abattu. À mesure qu'il ébranche, scie et empile, Simon se libère peu à peu de ce qui l'oppressait jusque-là. Les évènements de la nuit semblent s'éloigner.

Au début de l'après-midi, il reçoit la visite de Blaise, le fils Chambat, un enfant naturel que sa mère Mado élève seule. En d'autres lieux, il serait l'idiot du village, mais ici les gens ont gardé assez de tolérance pour en faire un être quelque peu différent, même si certains l'envoient promener quand il devient par trop casse-pieds. Blaise a dix-huit ans et le sourire béat qu'il affiche en permanence pourrait faire croire qu'il est heureux; enfin cela arrange certains de le penser. Blaise aime bien Simon car c'est le seul qui fait preuve d'autant de patience, lui apprenant les gestes élémentaires de la vie, presque son grand frère. Alors, sans dire un mot, il l'aide à empiler les bûches et met les branches en tas pour en faire du petit bois. Ils ne se parlent pas et cela convient à Simon, surtout aujourd'hui. Ainsi, ils sont cloîtrés dans deux solitudes différentes, juste réunis par le même labeur. L'ouvrage avance et accapare tellement Simon qu'il en a complètement oublié ses soucis du matin.

Et puis voilà que vers seize heures la cloche de la chapelle se met à sonner à toute volée. Il n'y a pas d'église au village, seulement une chapelle bâtie sur un autel romain selon les caprices de l'histoire. Elle suffit aux pêcheurs qui, tout en s'adressant à Notre-Dame du Lac dans les moments difficiles, ne sont pas plus croyants que cela. Le tocsin, donc, n'annonce rien de bon, et Simon se précipite aussitôt en direction de la mairie, laissant Blaise ébahi au milieu de la cour.

Quelques minutes auparavant, ils sont entrés dans le village comme des seigneurs, convoi sinistre de camions bâchés, d'automitrailleuses et d'une voiture militaire, encadrés par des motards. Ils ont remonté la départementale et, arrivés sur la place de la mairie, ils se sont déployés, occupant tout l'espace entre la route et le bâtiment municipal, leurs armes pointées en direction des maisons. Lorsque Simon débouche de la dernière ruelle il a un haut-le-corps face à ces canons braqués et toutes ses peurs de la nuit ressurgissent.

Sur le parvis de la mairie, trois gradés allemands entourent l'*Oberstleutnant* Werner et, deux marches plus bas, comme si on voulait le rabaisser, se tient Gaston Boissy le maire. Les habitants ont accouru et personne n'ose rompre ce silence chargé d'effroi : face aux soldats, c'est une petite foule disparate de vieillards, de femmes et d'enfants, quelques très jeunes hommes, qui arborent des visages effarouchés et blêmes. Depuis le début des hostilités, ils n'ont pas trop vu les Allemands, mis à part quelques passages de véhicules en direction du col et là, d'un coup, la guerre, qu'ils parvenaient à oublier par moments, vient se dresser devant eux sous forme d'une horde vert-de-gris qui menace leur vie à bout portant.

Assuré de tenir tout le monde en respect, l'*Oberstleutnant* entame alors un long monologue. Allure martiale et raucité du ton n'incitent pas à manifester le moindre bruit et ce discours que personne ne comprend semble durer une éternité. Quand il s'achève enfin sur l'aboiement terrifiant d'un *Heil Hitler*, l'un des gradés s'avance et, dans un français aussi guttural qu'approximatif, résume les propos de son supérieur :

– La population est avisée qu'un *Focke-Wulf 58* de la *Luftwaffe* a disparu cette nuit dans la région. Nous avons toutes les raisons de penser que l'avion est tombé dans le lac mais nous ignorons à quel endroit précis. La cargaison transportée est de la plus haute importance pour le *Reich* mais elle ne saurait en aucun cas intéresser la population française. C'est pourquoi nous invitons les personnes qui auraient vu ou entendu quelque chose d'anormal cette nuit à apporter leur témoignage. Les pêcheurs ont l'ordre de rechercher par tout moyen le lieu du naufrage et en cas de découverte, ils devront avertir le maire qui en réfèrera aussitôt à la *Kommandantur*. Ces instructions vont être diffusées dans l'ensemble des villages autour du lac et il est bien précisé que toute personne soupçonnée de dissimuler des informations concernant la disparition de notre avion serait immédiatement fusillée ! *Heil Hitler* ! !

Un murmure avait ondoyé dans la foule qui restait figée, aussi surprise que terrorisée, et les regards interrogateurs montraient bien que personne n'était au courant de l'accident. Personne, sauf Simon que le poids du secret accablait un peu plus. Puis la disposition quasi géométrique du bataillon s'était disloquée, les armes avaient repris leur position verticale, tandis que les soldats se rangeaient dans les camions comme des automates aux visages dénués de toute expressivité. Dans un vacarme de moteurs, le convoi s'était ensuite reformé à l'identique et, avec une lenteur solennelle, avait redescendu la rue principale, laissant les habitants à leur embarras. Et c'est seulement quand les derniers véhicules eurent disparu derrière les maisons que les récriminations et les plaintes remirent la foule en mouvement et la dispersèrent au hasard des ruelles. Spontanément, un groupe d'hommes se forma et, deux rues en contrebas de la place, s'engouffra bruyamment dans la grande salle de l'*Auberge du Lac*, le café-restaurant tenu par le couple Bodard.

Machinalement, Simon avait suivi les autres. Les tables s'étaient garnies par affinités et des carafes de vin y trônèrent aussitôt pour entretenir l'excitation ambiante. Ce fut alors une suite de gesticulations, d'apostrophes, de vociférations et d'invectives qui venaient libérer à la fois la colère et la peur que l'on n'avait pas osé manifester devant l'ennemi. Les visages devenaient écarlates et les regards chargés d'expressions tantôt menaçantes, tantôt conciliatrices ; certains chapeaux et bérets tombaient sur le sol ou se trouvaient chiffonnés par des mains nerveuses, et le raclement des chaises émergeait de temps à autre du brouhaha qui avait envahi la salle.

En passant près des tables on pouvait entendre tout et son contraire.

– Vous y croyez, vous, à cette histoire d'avion ?
– D'ailleurs, y'a pas de témoins !
– On va quand même pas mettre nos barques au service des *boches* ! s'étaient exclamés les frères Aignoz.
– Ou alors, il faut surtout pas retrouver l'avion…
– Vous êtes bien marrants, mais si les *fridolins* reviennent et qu'ils décident de prendre des otages, on fait quoi ? avait répliqué Prosper Fournet qui n'était pas considéré comme un modèle de courage.
– Moi je vous dis qu'il n'y a pas à avoir peur, parce qu'ils en ont plus pour longtemps. Hitler, il est cuit et ils vont pas tarder à décamper !

Pugieu, toujours sûr de lui, reçut quelques approbations qui s'élevèrent du chahut.

– De toute façon, j'insiste, si quelqu'un a vu ou entendu quelque chose il vaut mieux qu'il le dise sans délai, ça nous évitera des ennuis ! reprit le maire.

Tassé sur sa chaise dans un coin du café, Simon avait pris ces dernières paroles de plein fouet, cependant l'instinct de sauvegarde lui ordonnait de ne montrer aucun trouble. Il eut l'impression que tous les regards allaient converger vers lui et qu'ils savaient tous la vérité, mais seul Blaise, assis en face de lui, le dévisageait en souriant niaisement.

C'est Henri Perrin, un grand échalas à qui on ne saurait donner d'âge qui reprend la main :

– Ce qui m'épate, moi, c'est que vous ne vous êtes pas posé la question de savoir ce qu'il y avait dans cet avion ! Si les *boches* ont mis le paquet c'est que la cargaison doit valoir cher !
– Et pourquoi pas de l'or ? insiste le vieux Buffaz. Il y a deux ans, un avion allemand s'est écrasé dans la Marne, et il paraît qu'il transportait des tableaux qu'ils avaient piqués au château de Vincennes pour les envoyer en Allemagne. Alors, si les nazis pensent que c'est foutu pour eux, ils peuvent très bien avoir récupéré de l'or pour assurer leurs arrières !
– Ouais ! t'as raison, Buffaz, c'est certainement un truc comme ça, sinon ils auraient pas pris la peine de faire tout ce carnaval aujourd'hui, rajoute Pugieu.

Aussitôt, le vacarme s'amplifia et le seul fait de prononcer le mot « or » distilla des lueurs de folie dans les regards. D'autres carafes pleines vinrent remplacer celles qui étaient vides et contribuèrent à exalter davantage ces hommes, à présent capables de toutes les audaces, alors que deux heures auparavant ils avaient perdu toute fierté devant les canons des fusils. Face à cette agitation malsaine, le maire avait fini par quitter le café et son départ put laisser libre cours aux idées les plus déraisonnables. Simon, lui, se sentait encore plus écrasé par le secret, et des sentiments bizarres le possédaient peu à peu. Ce qu'il était seul à connaître prenait une importance capitale et devenait susceptible de générer d'intenses et dangereuses convoitises.

Tout se mélangeait dans son esprit et tandis que le violet de la nuit venait d'envahir les fenêtres du café, les voix de plus en plus impétueuses qui ricochaient sur les murs lui donnèrent l'impression que sa tête allait éclater. Il jeta une pièce sur la table et s'extirpa promptement de la fournaise. Sa silhouette se fondit dans la nuit et l'air vif qui montait du lac, chargé de senteurs d'algues humides, ne parvint même pas à lui rendre un semblant de tranquillité.

V

Simon se hâte. Il fuit. Tout à la fois. Les gens, les lieux, les mots. Une ruelle obscure et muette le happe, puis une autre. Un chat tigré sur un mur, comme une statue. Être chat, hôte de la nuit et du silence, insoumis, sans comptes à rendre. Effleurer la vie d'une patte de velours et traverser les miroirs à sa guise. Réapparaître à l'improviste sur une branche ou un toit. Oui, ce soir, il aimerait être chat.

Simon se hâte. La place de la mairie à sa gauche maintenant. Elle ne ressemble plus à celle de l'après-midi. Réverbères à la lumière pingre qui tremblotent sur une aire vide. Vide ? Pas tant que ça ! Ils sont de nouveau là ! Avec l'orifice noir de leurs canons pointés, petits tunnels de mort imprévisible, les yeux de la menace sous les casques lourds, ordres hurlés au milieu du cliquetis des armes sur une place vert-de-grisée, couverte d'une lèpre de violence. Ils sont là, harnachés, blindés, fortifiés, horde bestiale venue dompter sans péril une troupe vulnérable de villageois aux mains vides.

Alors, Simon presse encore le pas pour éloigner de sa mémoire cette scène de théâtre fantoche. Tenter de conjurer sa peur. La pente de la ruelle, par sa raideur, semble vouloir le ralentir, l'empêcher de fuir. La maison apparaît enfin, comme un refuge dérisoire, puis la porte en chêne, seule apparence de prospérité des aïeux, pauvres pêcheurs voués à des sacrifices pour offrir cette touche d'orgueil à leur modeste demeure. Et derrière la porte, la chaleur du fourneau où clapote une gamelle de soupe, la buée qui perle sur les carreaux de la cuisine, et la mère, frêle silhouette grise aux yeux remplis de crainte et d'interrogation. Atmosphère surchauffée qu'accentuent les efforts de la remontée et trois verres de vin blanc bus avec déplaisir. Puis ce repas parsemé de paroles odieusement banales, de bruits convenus et de regards qui se détournent, s'évitent, et finissent par se perdre dans les volutes de vapeur que libère la soupe brûlante. Quelques noix tirées d'un panier grignoté que l'on casse sur la table de la cuisine, sans trop savoir pourquoi. Des gestes d'habitude que d'autres ont fait avant, sur la même table, comme pour prolonger ce moment où l'on repousse la nuit qui s'apprête à vous escamoter. Finalement, la lassitude prend le dessus et vous pousse vers la chambre, après les derniers souhaits échangés.

Épuisé, Simon a sombré très vite, mais dans un sommeil empoisonné. Les Allemands sont les premiers à l'envahir, et défilent devant lui toute une galerie de visages menaçants, des soldats qui hurlent tout en restant muets et courent en tous sens. Explosions rougeâtres mais silencieuses. Coups de fusil feutrés. Les gens du village, prisonniers de la place devenue forteresse, sans issue aucune. Les voilà qui se cognent aux murs des maisons, comme les papillons de nuit sur les vitres. Certains tombent mais ne saignent pas, semblent juste endormis. Il comprend : c'est un jeu, un jeu barbare. Lui est au milieu, pétrifié, impuissant. Il est hors jeu, il ne compte pas, car les balles ne l'atteignent jamais et personne ne le bouscule. Puis, brusquement, une ombre vient recouvrir toute la place, l'ombre d'un avion immense et tout disparaît. Les Allemands sont aussitôt remplacés par d'autres personnages. Des bérets et des chapeaux noirs qui surmontent des gueules écarlates, grimaçantes, tordues, avec des nez énormes, des bouches édentées et des yeux exorbités. Dans cette taverne sinistre et enfumée, ça hurle, ça s'invective et soudain un inconnu jette un sac de pièces d'or au milieu de la salle. Mêlées, horions, tables à la renverse. La haine, la fureur ! C'est ensuite un bruit d'avion qui fait cesser le carnage. Les regards des hommes se remplissent d'effroi et tous se tournent vers Simon. C'est lui le coupable ! De quoi ? Difficile à dire. Simon fuit et, en sueur, dans un sursaut désespéré, il retrouve les murs de sa chambre.

Tout à fait réveillé, il tente de maîtriser son esprit. Il entend maintenant les discussions à l'intérieur du café, et du magma de paroles lancées, un seul mot qui s'élève, « or ». Ils ont raison les autres ! Des avions, ils en ont déjà perdu, les Allemands. Mais là, c'est différent. Des papiers, de l'argent, même des tableaux au fond de l'eau ; plus le temps passe... L'or, par contre, ça vaut le coup de le retrouver et la démonstration de force sur la place s'explique mieux. Simon est insensiblement harcelé par des sentiments contradictoires. Au début, c'est sûr, il n'a pensé qu'à sauver les aviateurs, puis il s'est interrogé sur la cargaison de l'avion, mais sans une once de cupidité. Pourtant, un seul mot suffit à déclencher des idées folles dans sa tête et à le désigner comme gardien d'un secret encore plus redoutable. L'or c'est tellement fascinant, précieux, inaltérable, inoxydable ! Une affaire en or, un cœur d'or, la règle d'or, l'âge d'or, à prix d'or. C'est assez ! C'est trop pour un modeste pêcheur ! De plus, qu'en ferait-il de ce trésor ? Acheter la propriété des De Rivoire, et pendant qu'on y est le château de Châtillon. Racheter les bateaux des pêcheurs, les parts de toutes les sociétés, acheter, racheter ! Non, ça ne l'intéresse pas.

Lui, ce qu'il voudrait, Simon, c'est juste quelques lingots pour s'offrir une petite maison à Aix-les-Bains, sur la rive est du lac, dans cette ville où l'on peut goûter jusque tard aux dernières caresses du soleil, où il y a toujours des distractions, des bals et des fêtes, avec parfois des gens tellement beaux et riches qu'il ne vous vient même pas à l'idée d'en être jaloux. Une maison avec des plates-bandes d'œillets, de rosiers, des hortensias au nord et un énorme cerisier au milieu de la cour. Une maison avec des croisées blanches pour voir la neige moucheter le bleu dur du lac, des allées de gravier où peut crisser le pas des amis, sans oublier les murs aux couleurs ensoleillées qui font rebondir des cris d'enfants.

Oh ! pas pour lui ! Pas par égoïsme, ni par vanité. Non. Tout ça pour Édith, son espérance, celle qui depuis des mois habite ses journées de pêche et ses nuits d'insomnie, icône obsédante mais ardemment convoitée.

Édith, c'est une femme venue de nulle part. Elle est apparue deux ans plus tôt chez les Bosson, une famille discrète occupant une maisonnette au bord du canal à deux kilomètres du village, en contrebas du pont qui permet à la route de plonger ensuite dans les marais. C'est un hameau tranquille où les maisons, savamment imbriquées, se blottissent sur les rives en deux groupes qui se font face et semblent s'interpeller. Des maisons construites pour résister à l'eau et aux intrusions. Les habitants sont aussi à cette image, sur la défensive. Une vie à l'écart pour sauvegarder un tant soit peu de sérénité. Roger Bosson est menuisier-charpentier et un jour, il s'est mis à fabriquer des barques. Alors les pêcheurs lui rendent visite de temps à autre pour une commande ou des réparations. C'est là qu'on a vu Édith pour la première fois et les Bosson l'ont présentée comme une cousine de leurs deux filles, Emma et Rose. Une cousine venue de Lyon. Ils n'en ont pas dit plus et cela a suffi à éveiller la méfiance de quelques fouineurs. Est-elle juive ? Est-elle réfugiée ? Les fantasmes se libèrent, d'autant plus qu'Édith est lumineuse de beauté et certains, à défaut de l'épouser, voudraient bien la mettre dans leur lit.

Bon Dieu ! C'est vrai qu'elle est belle et la première fois que Simon l'a aperçue il en a été tout chamboulé. Ce jour-là, il remontait le canal à la recherche des anguilles qui passent parfois du Rhône au lac et, au moment où il arrivait à hauteur des premières maisons, juste après le pont, elle lui était apparue dans une robe rouge toute simple qui soulignait ses longs cheveux de jais et sa peau légèrement cuivrée. Silhouette effilée aux bras longilignes, elle étendait du linge dans le jardin des Bosson. Lorsque Simon avait replongé ses rames dans l'eau, elle s'était retournée et d'instinct, lui avait souri. Subjugué par ce visage radieux, il n'avait même pas osé un signe de tête et tout bêtement il avait continué à ramer. Puis il avait regardé par-dessus son épaule mais l'angle de la maison suivante lui masquait déjà la jeune femme. Alors, il s'en était voulu de ne pas avoir esquissé le moindre geste pour répondre à ce sourire, et il n'était pas allé au-delà du dernier village qui précède le confluent du Rhône et du canal. Pas d'anguilles à pêcher et de ce fait le retour avait été plus rapide. Sur la droite, le premier hangar, une cour, une maison, une autre cour, deux habitations et le jardin, vide cette fois. Le linge qui flotte paisiblement, comme oublié. Simon le cœur battant, déjà. Il fait semblant de farfouiller dans le bateau tout en surveillant les abords du jardin. Personne. Il traîne encore, les rames soulevées puis immergées pour freiner l'embarcation. Ça bouge à gauche, des gosses qui jouent et un vieux bricolant près d'une grange. Rien à droite. Résigné mais déçu, il repart en gardant les yeux fixés sur le clos où ondoient les vêtements mis à sécher. Après le pont, le canal tourne et le jardin finit par disparaître, puis la maison elle-même, enfin le hameau tout entier.

Maintenant, entre les deux rangées de roseaux qui bruissent avec retenue, l'image de la femme en rouge, posée comme une fleur de volupté sur la rive tiède du canal, vient se mêler à ses pensées.

La guerre qui lui a pris le père, son enfance, un peu de jeunesse, et tous ces rendez-vous manqués au carrefour des solitudes. Des filles puis des femmes, comme des oiseaux de passage qui laissent des traînées d'amertume sur des ciels bas. Une vie ordonnancée et sans éclat, rythmée par le devoir, dans un pays au ralenti où les simples rêves sont punis de prison. Comment briser ces chaînes forgées par la fatalité pour seulement inventer le bonheur et lui offrir l'écrin dont il a besoin pour s'épanouir ? Simon a donc vécu au gré d'amours furtives, protagoniste inapaisé d'histoires en forme d'impasses et compagnon d'une déréliction ordinaire. Même les souvenirs ont fini par s'évaporer, c'est pourquoi il ne lui reste presque rien des étreintes clandestines comme des plaisirs chapardés. Alors, il aspire sans doute à autre chose que ce huis clos avec sa mère et cette existence au rabais où tous les rapports entre les êtres sont pervertis par la guerre. Sont-ils illégitimes les désirs d'amour, de bien-être, ou de paix tout simplement ? Non, bien sûr, mais faut-il encore se donner les moyens de ses ambitions. Et là, Simon se dit qu'il aurait dû… qu'il aurait pu… Un signe de la main, ça ne coûtait rien. Toujours cette timidité exécrable qui l'a maintenu à distance des plus belles aventures. Un dernier pas à franchir, difficile certes, mais décisif. À chaque fois, il était paralysé par la peur. Peur de mal dire, de mal faire, peur de la vérité qui peut parfois vous éclater en pleine gueule et vous laisse humilié, rincé, triste à en mourir.

À présent, la barque débouche sur le lac et un vol de mouettes qu'il suit du regard emporte pour un temps la sanguine de la jeune femme.

Les semaines passaient en lui fichant dans le cœur de petites pointes de désespoir mais il n'osait pas retourner sur le canal. Quelquefois, lorsqu'il pêchait, Édith lui revenait comme une apparition un peu floue puis elle s'effaçait à peine, obligeant sa mémoire à en rattraper les formes et les couleurs. Le sourire, lui, restait intense et l'accompagnait jusqu'à la digue. Après, les personnes qu'il rencontrait, l'ouvrage à accomplir ou le pauvre dialogue avec sa mère, constituaient autant d'obstacles à sa rêverie et il lui fallait attendre la nuit pour être encore hanté par la fleur rouge. Mais il ne savait toujours pas son prénom.

Finalement, Simon avait revu Édith…

Un après-midi où l'été grillait le village, il avait pris sa barque pour aller chercher un peu de fraîcheur sur le lac. Comme d'habitude, il avait suivi la rive puis soudain, des cris d'oiseaux étouffés lui étaient parvenus. Des cris qu'il ne reconnaissait pas. Intrigué, il s'était engagé dans le marais avec tant de discrétion qu'on entendait à peine le bateau froisser les roseaux. Les couinements se rapprochaient, et à l'endroit où le marais devenait plus clairsemé, elle lui était apparue : à une cinquantaine de mètres devant lui, dans une petite crique sauvage à l'accès difficile, elle se trouvait là, entièrement nue. Dissimulée aux regards par la végétation et allongée sur un banc d'herbe rase que les galets assiégeaient, elle s'offrait sans retenue aux caresses espiègles du soleil. Pris de panique, Simon avait reculé la barque sans bruit et, sûr qu'elle ne pouvait plus l'apercevoir, il avait fixé ses yeux sur ce corps dont la couleur ambrée tranchait avec le blanc presque aveuglant des galets. Son regard n'était pas un regard de voyeur mais plutôt celui d'un contemplatif que la beauté émeut jusqu'aux larmes.

En face de lui, ce n'est pas une femme, c'est une œuvre d'art et, même si le désir commence à le torturer, il parvient à maintenir une frontière distincte entre l'âme dont il s'éprend et le corps qu'il voudrait posséder. Elle ouvre les yeux, sans doute à cause de la sueur qui perle sur sa peau ; elle se lève et, d'une démarche féline, s'approche de l'eau. Ce que Simon voit en premier, c'est le visage bordé par le satin des longs cheveux noirs, un visage de madone sur lequel semble naître un sourire ; ensuite deux seins orgueilleux qui oscillent à peine ; le ventre lisse frémissant sous le souffle de la brise et se perdant insensiblement dans le sillon bouclé du plaisir tendu comme une offrande ; enfin les jambes déliées, et les pieds qui disparaissent déjà dans l'eau en ridant son reflet tout entier. Elle s'avance avec précaution, jetant un coup d'œil de temps à autre pour s'assurer que personne ne l'épie. Ses cuisses s'enfoncent dans l'eau et elle marque un temps d'arrêt au moment où les vaguelettes qu'elle a déclenchées viennent se perdre dans sa toison brune. Cet effleurement soudain accentue son sourire, presque un sourire de petite fille. Simon, ça le rend fou ! D'un coup elle s'élance et on ne voit alors plus que la crinière noire et le haut du visage onduler sur la surface du lac. Quelques brasses nonchalantes et elle repart en direction de la rive. Elle sort de l'eau en prenant soin de ne pas glisser sur les galets verdis par les algues et n'offre à la vue de Simon que son dos harmonieux et deux fesses rebondies constellées de perles étincelantes. Puis, sans prendre la peine de se sécher, elle s'allonge à nouveau, abandonnée, ouverte, prête à se livrer à celui qui voudrait bien, qui oserait peut-être... Simon est fasciné, gorge sèche, mains moites, cœur tremblant. Cependant, à cette nudité qui embrase tout son être, se superpose l'image chaste de la femme en rouge qui le bouleverse. Il devrait partir, s'éloigner de cette apparition avant qu'elle ne le possède complètement, retourner vers les gens ordinaires pour perdre la mémoire de ce corps qui l'envoûte mais non, il reste planté là dans sa barque, comme s'il assistait de loin à un spectacle duquel il serait exclu.

Il ne saurait dire combien de temps cela a duré. Trop ! Trop peu ! Déjà elle se relève et ramasse les vêtements qu'elle a soigneusement pliés avant de les déposer sur l'herbe. Cette fois, c'est une robe mauve et, quand elle l'enfile, Simon a juste le temps de voir ses seins superbes se balancer tels deux fruits mûrs. Puis elle s'engage dans le bref sentier qui mène à la route, aussitôt absorbée par la densité de la végétation. Après quelques instants, Simon se résigne à partir tout en fouillant des yeux le rivage à la recherche d'un fantôme qui lui permettrait de perpétuer son rêve.

Dès lors, il vit avec la mémoire de ces instants pathétiques, quasi irréels, cherchant sans cesse à dériver le cheminement de son esprit. Mais ça l'obsède, l'opprime, le tyrannise, le persécute et le met au supplice. Il ne l'a pas revue. (Tiens ! au fait, il ne sait toujours pas son prénom).

Pour finir, des pêcheurs lui apprennent qu'elle s'appelle Édith. Il paraît qu'elle serait juive, ou peut-être réfugiée. Et ces salauds se mettent à parler d'elle avec des airs entendus, des remarques égrillardes qui laissent supposer: « Un de ces jours, la petite Édith, on va lui faire son affaire... » Il part en courant. C'est donc Édith qui a allumé ce feu qui le dévore ! Que lui importe qu'elle soit juive, réfugiée, ou je ne sais quoi d'autre. Édith. Édith. Édith. En permanence, une voix martèle ce prénom dans sa tête. Édith. Édith. Édith. Sur le lac. En forêt. Au milieu des brouillards bleutés et des braillements du bistrot. Édith qui s'invite au repas et se faufile entre sa mère et lui. Édith dont les bras effilés et les longues jambes dansent sur les eaux du canal. Édith qui vient courir comme une biche à travers ses nuits, drapée de rouge, de mauve, puis blanche pour finir vaporeuse et nue, le laissant au bord du petit matin, anéanti et brûlé par des désirs inassouvis.

Depuis le jour où il l'a vue dans la crique, Simon sait que le souvenir d'Édith ne lui laissera plus de répit mais il espère, qu'une fois la paix recouvrée, tous les rêves interdits pourront ressusciter.

Peut-être aura-t-il alors le courage d'une histoire d'amour ?

VI

La venue des Allemands a brouillé les cartes et dans les jours qui ont suivi plus rien n'a été pareil au village. Des amitiés perverties ainsi qu'une duplicité de paroles et d'attitudes. Chacun vit reclus dans sa peur, sa lâcheté ou ses espérances. On se raconte des histoires de trésor et on finit par y croire. L'or des *boches* existe, il est au fond de l'eau. Où ? Personne ne le sait mais chacun est sûr de pouvoir retrouver l'endroit. D'ailleurs, qui connaît le lac mieux que les pêcheurs ? Ils ont appris à le lire, le comprendre pour mieux le dominer ou se soumettre à ses caprices. Ses couleurs changeantes, ses reflets, ses sautes d'humeur marquées par la traverse qui gonfle ses vagues, ses tempêtes sourdes et orages insidieux, rien ne saurait leur échapper. Une exaltation malsaine et sournoise s'empare alors de ces gens que la guerre maintient depuis des années dans une vie étriquée, où l'on doit se contenter du nécessaire et ne garder aucune illusion pour l'avenir. L'or ! Ce mot a embrasé les esprits et suscite bien des convoitises, en faisant oublier autant la prudence que la crainte. Les bateaux sortent, jamais aux mêmes heures, changent de lieux à tout bout de champ. Officiellement on pêche, mais en réalité chacun est à la recherche du moindre indice qui pourrait marquer l'emplacement du naufrage. En remontant les filets on espère toujours découvrir parmi les poissons quelque débris ou objet qui viendrait confirmer que l'avion se trouve là, juste au-dessous, gorgé d'or. Dans ce cas, on ne dirait rien aux Allemands, on se débrouillerait entre pêcheurs. En attendant, le lac, espace préservé et sacré jusque-là, s'empoisonne un peu plus chaque jour. On se cache, on s'évite, on fait semblant ; fausses pistes ; triche. Tout ça pour un prétendu trésor, né d'imaginations excessives.

Et le soir au café, après quelques verres…

– Hé ! les frères Aignoz, ce matin on vous a vus rôder près d'Hautecombe. Vous avez peut-être découvert l'épave, non ?
– Toi, Pugieu, avec ta grande gueule tu ferais battre des montagnes. On va où on veut et ça te regarde pas !

– Mon frère a raison, et puis tu sais très bien qu'en face de l'abbaye les fonds tombent à pic !

Hippolyte, l'aîné des frères Aignoz, avait acquiescé d'un signe de tête mais Pugieu n'en démordait pas :

– Chacun raconte bien ce qu'il veut mais de toute façon, celui qui trouvera l'avion sera bien obligé de le dire parce que personne ne pourra sortir la cargaison tout seul.
– Ouais, y faudra être plusieurs, et avec du matériel ! renchérit Charles Masson.
– Vous me faites marrer avec cette histoire ! On ne sait pas où est l'avion, ni ce qu'il y a dedans. Et vous ferez comment pour que les Allemands ne soient pas au courant ?
– Fournet, toi, t'as toujours été un trouillard, et ça date pas d'aujourd'hui ! lança Pugieu. Tu crois tout de même pas que si on venait à dégoter l'or dans le lac, « notre » lac, on serait assez couillons pour le rendre aux *boches* ! Et puis, j'vous l'ai dit l'autre jour, ils en ont plus pour longtemps ; les Alliés vont débarquer, tout le monde en est sûr.
– Pugieu a raison, reprit le vieux Buffaz, qui avait été le premier à évoquer l'or. Les Allemands, y sont cuits, même si l'autre jour ils faisaient les malins. Ah ! c'était facile avec des femmes, des gosses et des vieux !

Séverin et Marinette Bodard, les tenanciers de l'*Auberge du Lac* avaient vivement approuvé les propos de Buffaz et Pugieu. Au fond, vraie ou pas, cette histoire d'or ça faisait marcher les affaires et c'était bien commode. Quant à Simon, blotti dans une encoignure du bistrot, il assistait aux débats avec une indifférence feinte, mais sous la chemise le cœur battait à tout rompre. Tout ce qu'il espérait c'est qu'on lui foute la paix; aussi avait-il pris place à côté d'Elio Guerrini, un bûcheron italien qui s'était trouvé plus ou moins relégué à l'écart du village, dans une bicoque sans confort. Elio venait au café pour capturer un peu la chaleur qui lui faisait défaut dans son misérable logis. Les Italiens étaient mal vus, il le savait, et il n'aurait pas tenté d'expliquer que lui aussi avait souffert du fascisme au point de fuir son pays. Ça n'aurait servi à rien d'expliquer... Alors, il se contentait de quelques verres de vin et de discussions dont il s'interdisait l'accès, concentrant son attention sur les taches de formes et de couleurs différentes dessinées par les ruisselets d'alcool ou la brûlure des marmites. À force, il avait fini par se faire oublier, et Simon aussi.

Après une accalmie, on s'était de nouveau enflammé suite à l'intervention de Perrin, le grand échalas que l'on surnommait « héron ».

– Bon, c'est bien beau ! Vous êtes tous là à jacasser mais personne n'est capable de dire ce qu'on fait si on retrouve l'avion.
– On te l'a déjà dit ! Il faudra s'entraider !
– Alors, toi qui es toujours plus malin que les autres, Pugieu, tu vas nous expliquer ce qu'on va faire de l'or et comment on va partager, renchérit Fernand Aignoz.
– Comment veux-tu qu'il le sache ? avait tranché Aimé Roussillon, un ancien pêcheur. Vous vous êtes tous monté la tête avec cette histoire d'or ! Des vrais gamins ! Mais réveillez-vous, vous n'avez pas la moindre preuve que ce trésor existe, et en admettant encore qu'il existe, vous croyez que les *boches* vont rester les bras croisés ? Quand je vois que vous êtes prêts à vous étriper pour des conneries pareilles, ça me rend malade ! Tiens ! les vieux qui sont allongés dans le cimetière devraient se relever et venir vous botter le cul ! !

Par la virulence de ses propos, Aimé Roussillon avait rajouté un peu plus de confusion. Certains s'étaient dressés en vociférant, d'autres lançaient la contradiction et on entendait à peine ceux qui approuvaient. Et toujours ces raclements de chaises sur le carreau écaillé de la salle, et les mêmes beuglements attisés par l'alcool au milieu d'un brouillard gris-bleu qui stagne en hésitant à se déchirer plus. Les visages, animés par des grimaces ou des moues expressives, se colorent sous l'effet de la chaleur et de l'excitation. On est à la limite d'une situation prête à dégénérer en pugilat mais l'arrivée du maire calme aussitôt les ardeurs. Gaston Boissy est un brave homme et pour rien au monde il ne se détournera de la légalité, fût-elle imposée par l'ennemi. Alors, autour de lui se tisse une toile de faux-semblants, de politesses convenues et chacun évite soigneusement de parler de l'affaire en sa présence. L'intensité du brouhaha diminue d'un coup et les conversations retombent dans une banalité qui n'abuse toutefois pas la perspicacité du maire. Simon, lui, en a assez entendu et, toujours dans la crainte de se trahir, il quitte le bistrot après avoir salué Guerrini.

Comme à chaque fois, il est saisi par la fraîcheur de la nuit et hâte le pas, cherchant à s'éloigner au plus vite de ce lieu où se cristallisent toutes les passions et les ressentiments. En remontant la ruelle, il revoit soudain le visage de Guerrini : au moment où il l'a quitté, l'Italien a relevé la tête, délaissant les motifs incertains de la table, et Simon a pu lire une étrange lueur dans ses yeux. Cette lueur semblait signifier quelque chose comme « Je sais tout mais je la fermerai ». Il faut dire que la bicoque de Guerrini est au bord d'un petit pré en pente d'où l'on domine le lac et il est possible qu'il ait assisté à toute la scène, d'autant qu'il dort peu la nuit. Malgré tout Simon ne s'inquiète pas trop, car Guerrini est un taiseux dont on ne sait pas grand-chose. Certains prétendent qu'il ravitaille le maquis de la montagne d'en face, celle où se cacheraient les frères Rubin que l'on n'a pas revus au village depuis plusieurs mois. En tout cas, si c'est vrai, raison de plus pour qu'il soit discret.

Simon se couche dès qu'il arrive. Il a en effet décidé de partir avant l'aube pour tenter de localiser le repère laissé la nuit de l'accident. Rêves et cauchemars se mêlent au cours de son sommeil et la sonnerie métallique du réveil le tire avec peine de sa torpeur. Puis, c'est une succession de gestes dictés par l'habitude, la porte en chêne qui met au secret les indices d'une pauvre existence, les ruelles en enfilade, le petit chemin zigzaguant dans l'herbe, la digue en pierres et le bateau qui s'élance sur l'eau tranquille du lac.

Comme à l'accoutumée, il longe la rive jusqu'au marais et, après avoir dépassé l'embouchure du canal, il concentre son attention sur la partie de lac située à l'ouest de la pointe rocheuse, mais la nuit épaisse et l'ampleur de la zone à prospecter ne l'aident pas dans sa tâche. Toutefois, il aimerait bien aboutir avant le lever du jour car les pêcheurs partent maintenant de plus en plus tôt, et il ne veut surtout pas leur donner à croire qu'il connaît le lieu du naufrage. Il scrute la surface de l'eau, tourne la barque, revient vers la montagne, repart, mais toujours rien. Il décide de balayer l'eau avec une perche pour tenter d'accrocher le fil lesté, sans succès. Il calcule, réfléchit, évalue les distances malgré la faible visibilité. Non, ça ne sert à rien ! Alors, il décide d'attendre le jour, sachant qu'il lui faudra ruser pour ne pas éveiller les soupçons. Il s'assied donc au fond de la barque et écoute la musique du lac avec ses clapotis contenus, quelques cris d'oiseaux comme des plaintes qui se fraient un passage à travers le foisonnement des roseaux, puis çà et là, venant du rivage, de rares bruits assourdis qu'on a du mal à identifier. Il est serein, et fatalement Édith occupe à nouveau ses pensées. Il revoit la robe rouge, la mauve, le corps nu, offert, et ces cheveux de jais que le soleil moire à peine ; aussitôt, cette envie de retrouver l'or, idée jugée absurde quelques minutes auparavant, prend tout son sens et devient une nécessité. Pour elle. Uniquement pour elle, apparition fugace qui lui a laissé en gage juste un sourire et un peu d'intimité. Pourtant, il n'est même pas sûr qu'elle veuille de lui mais c'est secondaire, du moment qu'elle continue à traverser ses rêves et à danser sur les bleus du lac en lui mettant de l'amour et du désir plein la tête.

Simon s'est assoupi quelques instants et, lorsqu'il ouvre les yeux, le bleu-noir du ciel commence à s'éclaircir tandis qu'à l'est la montagne semble retenir les vagues lueurs orangées et violettes qui montent à l'assaut de l'obscurité. Il faut s'activer. Simon reprend les rames et se dirige vers les falaises où il a l'habitude de pêcher. Ainsi personne ne sera étonné de le voir là. À proximité de la pointe, il jette les filets même s'il n'a pas vraiment l'intention de ramener du poisson. Bien lui en a pris car il aperçoit des barques qui ont dû quitter le rivage depuis un bon moment. Il croit reconnaître le grand bateau des frères Aignoz et deux autres embarcations ressemblant à celles de Perrin et Masson. Un peu plus au milieu du lac, il en voit encore trois. Décidément, il y a du monde ce matin !

Ce sont les frères Aignoz qui passent en premier à quelques dizaines de mètres. Au passage, Fernand le cadet, l'apostrophe :

– Hé ! Simon, t'as déjà retrouvé l'avion ?
– Comment veux-tu, il trouve déjà pas du poisson tous les jours ! plaisante Maurice.
– Non, j'ai rien vu et votre histoire d'avion ça ne m'intéresse pas !
– Ouais, tout le monde dit ça mais on sait bien que t'es comme les copains, va !
– Ben… si ça te fait plaisir, crois ce que tu veux…

– En tout cas, rajoute Maurice, si tu le trouves, nous on veut bien te donner un coup de main... et pour partager aussi !

Hippolyte, l'aîné, acquiesce d'un signe de tête. Lui, il ne parle jamais, il rame. Simon lance une dernière réplique mais ses paroles se perdent car les Aignoz sont déjà loin. Au fond, eux, il les aime bien, même si Maurice n'arrête pas de le mettre en boîte. Bien sûr qu'il pourrait compter sur eux, mais dès l'instant où quelqu'un aurait connaissance de son secret il serait en danger de mort. Alors il tire les filets et repart en direction du canal fouillant du regard la surface du lac. Il en est sûr : l'avion est tombé peu après les marais. Il ne devrait pas être très loin de l'épave mais il se méfie car un deuxième bateau se rapproche : c'est Perrin. Lui aussi interpelle Simon, avec toutefois moins de bienveillance :

– Dis donc, Fauraz, ça fait un moment que t'es dans le secteur ! T'aurais pas dégotté l'avion en ayant l'idée de garder tout ça pour toi, des fois, petit saligaud !
– Toi, « héron », si t'approches de mon bateau, tu prends un coup de perche à travers la gueule ! Je viens de dire aux Aignoz que j'en avais rien à foutre de l'avion ! Le vieux Roussillon a bien raison, vous êtes tous devenus cinglés avec cette histoire !

– Eh bien ! si par hasard tu venais à le trouver, tu te démerderas tout seul. Et tâche de ne jamais avoir besoin d'un service !
– Ne t'inquiète pas « héron », tu es bien le dernier à qui j'irais demander quelque chose ! Allez, passe ton chemin avant que je sorte la perche du bateau !
– Espèce de salopard ! Tu te crois plus malin que les autres… Attends, la vie va bien se charger de te dresser !

À ces mots, Simon se saisit de la perche et s'apprête à frapper avec fureur :
– Sauve-toi, Perrin ! ! Et vite ! !

L'autre reprend aussitôt les rames et s'éloigne sans demander son reste. Au village, on a vu une seule fois Simon se mettre en colère. C'était pour défendre Blaise que des gars d'un village voisin avaient ridiculisé lors d'une fête. Ce jour-là, des éclats sauvages avaient scintillé dans ses yeux et il n'avait même pas eu besoin de se battre pour que le calme revienne.

La colère de Simon s'apaise peu à peu et il relance les filets pour donner le change, quand tout à coup un bruit d'avion le fait sursauter. C'est encore un *Focke-Wulf 58* qui arrive par le nord du lac. Il descend au-dessus du marais en suivant le canal puis, volant très bas, passe à quelques mètres de Simon qui est pris de panique. Il contourne ensuite la pointe et effectue des reconnaissances à proximité de tous les bateaux. Simon respire un peu. Finalement, l'avion longe la rive opposée en explorant méthodiquement les moindres recoins, puis il met le cap au sud et disparaît derrière les collines, ultimes reliefs qui masquent la ville. Simon est déconcerté. Il tire les filets sans savoir ce qu'il fait et attend. Au bout d'un quart d'heure, son attention est attirée par un bourdonnement de moteur juste derrière le repli montagneux qui protège l'abbaye. L'avion débouche alors brusquement au ras de l'eau et continue à fouiller les rives. Enfin, après plusieurs allers-retours près du village, il repique vers le large et amorce sa descente. Il passe à une dizaine de mètres au-dessus du bateau, comme pour faire peur, survole une dernière fois la zone du marais et en un éclair disparaît entre les deux montagnes qui s'ouvrent pour laisser filer le Rhône.

Simon reste figé. Ah ! ils ont tous cru qu'ils allaient récupérer l'or, tranquillement, mais ce matin l'avion allemand vient de les rappeler à l'ordre. La menace est tout près, sournoise, tapie dans l'ombre, capable de surgir à tout moment. Les Allemands l'ont promis : peine de mort !

Simon se remet en route tout en pensant aux risques qu'il encourt à vouloir dissimuler une information aussi capitale. Il rame machinalement en dirigeant le bateau vers le canal. Tellement de sentiments contradictoires ! Le désir, la peur, le rêve, la mort, et cependant, l'espoir d'une autre vie qui remplacerait celle qu'on ne peut plus endurer, même si d'autres ont à supporter des malheurs bien plus effroyables. Avant tout, briser ces chaînes invisibles qui vous cantonnent dans une médiocrité et une précarité de tous les instants, travestissant les gens et les idées. Abattre les murs de cette prison vert-de-gris, édifiée à coups de décrets scélérats, de lois impies, de parades martiales, d'intimidations et de pelotons d'exécution. La paix, ça ressemblera à un immense champ de blé où l'on n'aura pas peur de s'allonger, à de somptueux vols d'oiseaux blancs sur le marais, au lac devenu miroir de la liberté ou à une femme rouge coquelicot, qui, d'une démarche gracieuse, s'avance vers vous pour se noyer dans vos bras. Oui, ça ressemblera à tout ça, la paix, et à bien d'autres choses aussi insignifiantes que merveilleuses. Mais ce matin le passage du *Focke-Wulf* repousse un peu plus l'échéance tant attendue.

Résigné, Simon cesse de ramer et laisse glisser la barque en lui faisant prendre la direction du village quand soudain sur sa gauche, cent mètres avant l'entrée du canal, il aperçoit un morceau de liège qui flotte. Son liège ! Il oublie alors toute prudence et ne pensant plus aux

Allemands ni aux pêcheurs, il ne voit qu'une chose : ce flotteur de fortune qui se dandine avec désinvolture ! Il se rapproche. L'avion est là-dessous. C'est sûr ! Même si la balise a un peu dérivé, il a retrouvé le lieu du naufrage ! D'un coup, il est envahi par une exaltation à laquelle se mêle une sorte de désarroi. Étrange impression. Il met sa main en visière et scrute le fond de l'eau pour tenter d'apercevoir la silhouette de l'avion. Il ne distingue rien. Il faudrait sonder, plonger… Il doit bien y avoir entre dix et vingt mètres de fond. Dix mètres ça serait jouable. Mais prudence ! Il se retourne et voit au loin les autres bateaux. Il faudra revenir plus tard. Avant de partir, il rajoute quelques plombs plus gros afin que le liège ne dérive pas trop, puis il rentre en surveillant attentivement les alentours. Il observe aussi le ciel, craignant un nouveau passage de l'avion mais tout est calme.

Ensuite, c'est le trajet mille fois répété entre la terre et l'eau, des routes occultes que nulle carte ne révèle, sur ce lac où toutes les nuances de vert et de bleu alternent, varient, s'affadissent ou se ravivent dans une symphonie sauvage et mystérieuse, sans cesse rejouée. Le retour, synonyme d'abondance ou de pénurie, ce moment où, malgré l'effort consenti pour ramener le bateau, on a le temps de réfléchir sur le sens de sa propre vie et sur un labeur dont le rendement s'avère souvent dérisoire ; ce moment que l'on aimerait prolonger avant de toucher au rivage et changer de monde. Pour Simon, c'est aussi l'occasion de songer à Édith, robe rouge ou robe mauve au gré de son humeur, et d'imaginer quelle existence il serait capable de lui offrir. Des jours qu'il n'est pas repassé par le canal. Pourquoi ? Il ne saurait dire. Par timidité peut-être mais aussi par délicatesse, comme pour ne pas abîmer l'image d'un sourire. En même temps, il évite de trop penser au jour où il l'a aperçue sur la petite plage car la vision de ce corps dans sa nudité angélique met son esprit à feu et à sang.

Ce soir encore, une fois la barque amarrée à la digue et les filets étendus sur les barres de bois qui traversent la grange, il remontera les rues du village avec deux paniers d'osier fermés où les poissons seront rares. Puis, dès la dernière noix cassée sur le bord de la table, après le « bonsoir » d'usage, il regagnera sa chambre aux murs vides, à peine teintés de badigeon vert clair, retrouvera l'armoire aux portes grinçantes avec son placage écorné par endroits, la table de nuit bancale qui supporte une lampe à l'abat-jour déformé, piètre décor dont il va rapidement chercher à s'extraire pour rejoindre Édith.

VII

En ce matin de Pentecôte la cloche de la chapelle se balance avec ardeur et son tintement rejaillit sur la rive d'en face comme un appel à la fraternité. C'est aussi la fête en souvenir du temps où les pêcheurs vénéraient sainte Érine dont la relique repose à l'abbaye d'Hautecombe dans une châsse d'argent. Aujourd'hui, certains iront à la messe et les autres, qui souvent craignent Dieu sans croire en lui, en profiteront pour prendre du bon temps. Puis, en fin de journée, après le repas de famille quelque peu assombri par l'absence des prisonniers ou des disparus, on se retrouvera tous à l'*Auberge du Lac* pour boire un verre et danser au son de l'accordéon. Un moment suspendu parmi ces mois interminables et empreints de confusion. L'espace d'une soirée, s'oublier à travers des rengaines fredonnées par habitude, se laisser emporter par le charme de paroles lénifiantes et de musiques sirupeuses qui endorment toute rancœur, en imaginant que le jour finira par se lever sur un monde différent.

Simon est de bonne humeur car la perspective du bal lui redonne de l'espoir. L'an dernier, invités par des pêcheurs, les Bosson étaient venus passer le dimanche à l'auberge, et cette année, il compte bien qu'Édith les accompagne. Alors il a demandé à sa mère de lui repasser son pantalon de drap noir et sa chemise blanche, celle du dimanche. Il a ciré avec soin ses chaussures de cuir, ajusté sa ceinture, et avant le repas il est parti faire le tour du village. Il a failli aller à la messe, une envie soudaine, mais il semble toujours se défier de la religion, comme s'il en voulait vraiment à Dieu de lui avoir pris son père. Il arpente donc les rues sans but précis et échange quelques mots avec les gens qu'il rencontre au hasard des cours et des pas-de-porte. Puis c'est le repas en tête-à-tête avec sa mère : un civet de lapin, un miracle par ces temps de pénurie. Aujourd'hui, il est plus gentil que d'ordinaire car l'éventualité d'une rencontre avec Édith l'a mis en joie. Sa mère ne le reconnaît pas : un vrai bavard alors qu'habituellement il ne décoche pas un mot. Elle ne va surtout pas s'en plaindre ! Après le déjeuner, il s'installe sur le vieux banc posé devant la maison depuis des lustres. Le chapeau noir rabattu sur ses yeux lui évite la lumière trop abondante du soleil et lentement il tombe dans la somnolence. Durant un court instant il aperçoit Édith, mais presque aussitôt il laisse aller sa tête de côté, ce qui a pour effet de le réveiller en sursaut. À cet instant, il devine une présence et, sans relever le chapeau, il sait déjà de qui il s'agit : en effet, Blaise est là devant lui, souriant béatement. Simon attend quelques secondes, puis en soulevant brusquement le chapeau il rugit comme on le fait avec un enfant. L'autre s'enfuit alors à toutes jambes et disparaît au coin de la ruelle. Simon éclate de rire. Pauvre Blaise ! Ça marche à tous les coups ! La mère est sortie pour voir, et sur sa lancée elle va jeter quelques restes aux trois poules décharnées qui grattent inlassablement la cour, puis elle continuera à s'occuper de petits riens, à ravauder, ranger, nettoyer. Pour elle, le dimanche s'arrête au moment où elle entame la vaisselle, et seul le repas amélioré apporte une apparence de fête dans ce cortège de jours insipides que l'on regarde passer avec résignation. Cette docilité perpétuelle agace Simon qui veut croire à un autre destin et s'affranchir des pesanteurs de ce quotidien sans surprise. Alors, pour éclipser l'image dérangeante d'une mère à l'échine courbée, engoncée dans son fatalisme, il préfère descendre au lac sachant qu'il est bien trop tôt pour aller à l'auberge. Des cris d'enfants et des conversations animées jalonnent son chemin mais l'allégresse semble quelque peu refoulée comme un sentiment interdit. Malgré tout, chacun s'emploie à profiter de ces moments rares en évitant soigneusement de conjecturer l'avenir.

Simon débouche maintenant de la dernière ruelle en sifflotant et ce qu'il voit aussitôt, c'est que sa barque a disparu ! Oui, disparu ! Sans réfléchir il se met à dévaler le pré à toute allure, saute les quatre marches qui mènent à la plage et s'engage sur la digue. Les amarres, sectionnées par un couteau bien tranchant, pendent nonchalamment aux anneaux rouillés. Simon scrute les alentours en cherchant à comprendre. Qui a bien pu faire ça ? Le « héron » ? Les « sennateurs » ? Tout de même, on est entre pêcheurs et le bateau c'est sacré, on n'y touche pas ! Il regagne la plage et commence à longer la rive, marchant et courant à la fois. Sa barque ! Pensez ! Son gagne-pain. Il faut absolument la retrouver ! Il s'arrête pour réfléchir. Cette nuit, une petite brise soufflait du nord-est et avec un peu de chance le bateau aura sans doute été poussé vers le bord. Il dirige donc ses pas vers le sud en toute hâte. Après un bouquet de roseaux traversé avec difficulté, il contourne un ressaut du rivage et là, dans la crique, à deux pas des bassins de pisciculture, il l'aperçoit : sa barque, ballottée par les vaguelettes, semblant hésiter entre le large et la digue. Simon éprouve en même temps colère et satisfaction. Finalement, il décide que ce doit être un bon jour et que tout n'est pas si grave puisqu'il a récupéré son bien. Les rames ayant été jetées sur l'autre plage par le saboteur, il se résout à haler sa barque le long de la rive à l'aide d'un reste de cordage. La progression est lente à cause des obstacles à contourner et le passage des roseaux, un peu ardu, l'oblige à mettre le pied dans l'eau à plusieurs reprises. Lorsqu'il arrive enfin à la digue, il tire le bateau sur la grève et à l'aide d'un chariot rudimentaire il le rentre dans la grange. Pour le reste, on verra plus tard.

Après avoir refermé la porte à clé, il constate les dégâts : ses chaussures sont sales et des traces de vase maculent son pantalon. En maugréant, il remonte chez lui à toute vitesse car l'heure tourne et il ne veut pas être en retard à l'auberge. Surtout arriver avant Édith ! Il entre dans la maison tout en sueur, attrape une serviette propre et entreprend de se laver le torse au bassin. Sa mère, qui ne pose presque plus de questions, s'avance un torchon à la main, et commence à nettoyer les taches sur le pantalon, puis elle part dans la cuisine afin de donner un coup de cirage aux chaussures qu'il a quittées à la va-vite. Quand elle ressort de la maison, Simon lui offre un sourire reconnaissant et murmure un « merci m'an » qui réchauffe un peu le cœur de la vieille femme. Puis il rajuste ses vêtements, un signe de la main, et le voilà qui s'engouffre déjà dans la ruelle, le cœur battant.

La terrasse de l'*Auberge du Lac* se remplit et s'anime peu à peu. Pour ne pas changer, Simon a commandé une carafe de vin blanc et s'est installé à la table de Guerrini, tournant le dos au lac afin de pouvoir surveiller la route d'accès au café. Le vin, c'est ce qui manque le moins ici, car au-delà du marais, sur les pentes de la montagne d'en face et sur les collines qui font le gros dos à ses pieds, le vignoble de Chautagne, déjà réputé avant la guerre, continue d'être entretenu par les vieux et les femmes. On a beau dire, mais le vin ça sert parfois à adoucir les misères. Sur la terrasse, donc, les gens prennent place, et viennent profiter de cette fin de dimanche où le soleil glisse encore quelques rayons espiègles à travers les touffes de glycines odorantes, juste avant de s'éteindre derrière les crêtes. Entre les armatures de la tonnelle se découpe le lac dont les eaux d'émeraude miroitent avec paresse, tableau sublime qu'ici on regarde à peine, tant on y est habitué. Dans un angle, on a casé les trois musiciens : l'accordéoniste au visage rubicond qui souffle avec autant de peine que son instrument, le saxo un peu moins âgé, et le batteur, espèce d'indien Navajo aux grandes moustaches retombantes qui s'affaire sur un assemblage hétéroclite de cymbales et de caisses rafistolées. Enfin ce qui compte, c'est de s'évader grâce à la musique, fût-elle de piètre qualité, et par trois pas de danse accéder à quelques heures d'insouciance.

L'heure tourne. Quelques mots sur la pêche, la forêt. Des silences… Avec Guerrini, c'est normal. Une courte discussion avec les Aignoz assis à la table voisine. Toujours des banalités pour éviter de regarder la pendule. Le temps qui passe… Sans Édith. Viendra-t-elle ? Simon essaie de trouver un dérivatif. Il se rabat sur la musique mais Édith le rattrape aussitôt. Il voudrait tellement la voir ! Seulement la voir. Maintenant il s'en veut de ne pas être retourné sur le canal. Quel idiot ! Il est déjà six heures… Elle ne viendra plus maintenant. Mais non, la soirée ne fait que commencer. La terrasse est bondée. Presque plus de place. Où va-t-elle se mettre ? Les couples légitimes ou de circonstance envahissent la piste improvisée au milieu des tables et toute la joie que Simon a accumulée depuis le matin s'évanouit. L'accordéon lui fout le cafard. Si ça se trouve Édith fréquente quelqu'un d'autre. Guerrini lui parle. Il l'entend, mais sa voix semble lointaine. L'Italien hausse le ton.

– Oui, oui. Si tu veux, commande un autre pichet !

Blaise est venu s'asseoir avec eux. Ça l'agace. Belle triplette de laissés-pour-compte ! D'autres arrivent et s'installent à l'intérieur. Parmi eux le « héron ». Il aimerait bien le choper par la cravate, celui-là ! Non. Pas aujourd'hui. Toujours pas de robe rouge, ni de mauve. Ça le rend fou. Des semaines qu'il y pense à cette fête. Désabusé, il cesse de surveiller la route et se tourne enfin vers ses compagnons de table : Blaise, avec son air benêt ; Guerrini qui le fixe intensément avec une étrange expression dans les yeux, la même que d'habitude, celle qui veut dire : « Ne te fatigue pas, j'ai tout deviné. » Guerrini comprend les arbres, les animaux et les hommes, sans avoir besoin de mots. Juste la force du regard. Sept heures... À deux pas du comptoir, s'engagent des parties de cartes. Sur la piste, tangos et paso-doble se succèdent, enfiévrant les visages des danseurs. Simon voudrait partir. Il en est sûr, Édith ne viendra plus... Il boit un autre verre. Il ne devrait pas mais ça le calme. Ça le calme et tout de suite après, la nervosité le gagne. D'un coup il enlève le verre à Blaise :

– Ça suffit ! tu as assez bu !

L'autre est au bord des larmes et Guerrini l'apaise en lui posant la main sur le bras. Simon s'agite sans arrêt sur sa chaise. Il lui en faudrait peu pour se battre. Un mot de trop, un geste équivoque. Déjà que l'histoire de la barque lui reste en travers de la gorge… Alors il se dit qu'il vaudrait mieux rentrer avant qu'un mauvais coup ne se produise.

Soudainement étreint par la lassitude et la tristesse, il s'apprête à quitter l'auberge et, au moment où il va serrer la main à Guerrini, son geste reste en suspens : trois jeunes femmes flamboyantes font leur apparition, Emma et Rose Bosson accompagnées d'Édith. Édith, la plus belle, dans une robe d'organdi bleue. Finalement le bleu lui va encore mieux ! Simon, figé, se retrouve bêtement avec son bras en l'air et il se rassoit aussitôt sans pouvoir détacher son regard d'Édith. L'arrivée des jeunes femmes n'est pas passée inaperçue et suscite déjà les convoitises des quelques jeunes. Quant aux anciens, ils reprennent de la vigueur malgré les airs réprobateurs de leurs épouses. Les trois femmes hésitent un instant, se concertent et vont s'asseoir à l'autre bout de la terrasse où une table vient de se libérer. Tous les yeux sont fixés sur Édith qui cherche à se frayer un passage parmi les danseurs, prenant néanmoins le temps de lancer un sourire à Simon. Le même que l'autre fois sur le canal : sensuel, envoûtant, presque naïf. Les jeunes femmes commandent alors à boire et rient de bon cœur. Simon a l'impression qu'elles se moquent de lui et ça le contrarie. Pendant ce temps, l'orchestre a marqué une pause. L'accordéoniste que tout le

monde appelle Popaul commence à avoir chaud aux oreilles et, lorsque les danseurs lui réclament une valse, il s'exclame :
– Pour une valse il faut une chopine !

Et le bal reprend au milieu des rires et des clameurs. Les bons moments sont si rares !

Aussitôt, on se précipite pour occuper les espaces libres de la terrasse et les couples se mettent à virevolter avec ardeur. Simon n'a pas osé bouger. S'il reste planté là, Édith sera invitée par d'autres ! C'est sûr, ils n'attendent que ça. Malgré tout, il ne décolle pas de sa chaise. C'est alors que Guerrini lui lance un coup de coude, sans ménagement :
– Tu attends quoi pour l'inviter ? *cretino*...

Jamais l'Italien ne s'est permis de lui parler ainsi et Simon est piqué au vif. Après un mouvement d'humeur, il se lève et, bousculant des couples au passage, il se dirige vers les jeunes femmes. Oh ! il n'est pas très sûr de lui ! Toujours cette maudite inhibition, et puis la danse n'est pas son fort. Il a appris tant bien que mal à force d'observer les autres. Mais bon. Il arrive enfin à la table où les trois continuent à plaisanter et, face à Édith, aussi près d'elle qu'il ne l'a jamais été, il est tellement désarmé que c'est à peine s'il parvient à se faire entendre :
– Voulez-vous danser ?

Elle acquiesce et le rejoint, le visage tout à coup empreint d'un air sérieux. Simon lui prend la taille et la main gauche mais on dirait qu'il a peur de la toucher, comme s'il tenait dans ses bras une poupée de porcelaine. Pour la danse il faut de la fermeté et il a du mal à rentrer dans le rythme. Elle lui sourit alors avec indulgence et là, à quelques centimètres d'elle, il réalise qu'il doit saisir sa chance. Il la serre un peu plus et, le vin blanc aidant, il gagne de l'assurance. Il entraîne alors Édith dans un tourbillon effréné.

Il n'a jamais dansé de la sorte et tout en tournoyant, il a le temps d'apercevoir les regards fixés sur Édith et lui. Blaise aux anges, Guerrini satisfait, le « héron » à l'air sarcastique et d'autres, admiratifs, jaloux, bienveillants, méprisants, une petite panoplie de sentiments mêlés. Maintenant Simon rit, Édith aussi ; leurs visages s'empourprent ; l'amour prend vie ; ils sont seuls, oubliant tous ces gens qui les entourent. Leurs yeux se parlent, se découvrent, se pénètrent et se fondent. Tout ce temps perdu alors que c'était si facile, puis la tête tourne sous l'effet de la valse, le regard un peu trouble, la musique qui se tait (trop vite), les soupirs et la sueur dus à l'intensité de l'effort, et pour finir cet espèce de contentement que l'on ressent après un travail bien fait. Pendant quelques secondes ils se fixent intensément et se détachent l'un de l'autre, sans hâte, comme à regret.

– Bon… ben, à la prochaine valse, bafouille Simon.
– Oui, bien sûr.

Puis, séparés par la foule des danseurs qui regagnent leur place, ils se retrouvent tous deux repoussés vers leurs tables respectives, mais leurs yeux ne se quittent plus. Guerrini, décidément très bavard ce soir, interpelle Simon :

– Tu vois, c'est pas difficile ! Seulement il faut pas t'endormir. Maintenant que t'as ferré le poisson, il faut le ramener dans la barque. Enfin, tu connais ça mieux que moi, c'est toi le pêcheur !

Guerrini a raison. Le plus dur est fait. Alors, se sentant cette fois capable de toutes les audaces, Simon repart en direction de la table d'Édith. Emma et Rose sont déchaînées mais il n'en fait pas cas. L'orchestre joue un paso-doble, encore une danse qu'il ne maîtrise pas bien. Peu importe. Il tend la main à Édith qui s'était déjà levée. Il n'a plus peur de la serrer. Il s'en fout des regards narquois qui guettent le moindre faux pas. Chaque fois qu'il se loupe, il se rattrape par un demi-tour sur lui-même, sans perdre le sourire. Édith rit aux éclats. C'est gagné ! Ce soir, elle ne choisira aucun autre cavalier. Simon la fait danser encore et encore. Ils ne s'arrêtent qu'un instant pour boire un verre : durant cette courte pause, ils ne se parlent pas, ils s'observent, impatients de retourner sur la piste pour que leurs corps se frôlent, se serrent, se séparent, s'attirent à nouveau comme des aimants. Simon est métamorphosé, et tandis que les heures filent, renvoyant peu à peu les gens vers leur demeure, il propose à Édith de faire quelques pas en direction du lac. À leur tour, Emma et Rose s'apprêtent à quitter le bal en lançant un clin d'œil complice à leur cousine.

Simon et Édith descendent la ruelle côte à côte. Il n'ose pas lui prendre la main. Il se décide tout de même à parler. Des choses simples mais qui ont l'air de la toucher. Il la conduit jusqu'au petit chemin qui serpente dans le pré, puis c'est la plage de galets. Il ouvre la grange et en ressort avec une espèce de drap qu'il étale par terre afin qu'elle ne salisse pas sa robe, la bleue qui pour lui est la plus belle. À présent, ils sont assis, face au lac constellé de parcelles de lune, le lac qui clapote faiblement comme pour ne pas déranger. Sur la gauche, la pointe rocheuse, lame d'un bleu sombre cherchant à fendre l'eau et puis, çà et là sur les reliefs, quelques faibles lumières qui brasillent en donnant l'impression de vouloir s'éteindre. Les dernières notes de musique expirent là-haut sur la terrasse et les seuls bruits de la nature prennent possession de la nuit. Simon et Édith n'ont besoin de rien d'autre : c'est un endroit idoine pour des instants sublimés. Tout naturellement, Simon caresse les cheveux d'Édith, un geste simple auquel il a tant rêvé ; ensuite leurs bouches se rapprochent et se donnent un baiser qui commence par petites touches puis se prolonge par une fougueuse étreinte où se libèrent les attentes, la timidité et le manque de l'autre. Ils se relâchent, se reprennent avec empressement. Tout juste s'ils respirent. Surtout ne plus perdre de temps ! L'avidité. S'aimer vite, fort et pourquoi pas longtemps ? Fatalement, à s'embrasser de la sorte, le désir se fait plus intense et par un accord tacite les mains caressent, effleurent, pétrissent, déboutonnent, dégrafent, et finissent par offrir deux corps nus au souffle discret de la brise. Simon est maintenant sur Édith. Il la contemple et la lueur farouche qu'il décèle dans son regard attise encore son envie. Il se relève ; les seins magnifiques d'Édith dressent leurs pointes comme une invite ; Simon s'embrase à nouveau. Alors il se couche sur elle, la couvrant de baisers et de caresses, répétant des gestes d'amour qu'il n'a eus pour aucune femme auparavant. Elle, sous lui, bouge, embrasse avec volupté, se cabre, appelant ardemment le plaisir. Simon n'a jamais ressenti une telle attirance. Il veut que ça dure une éternité mais Édith le rend fou et, après avoir repoussé plusieurs fois le moment suprême, il entre en elle, emporté par une jouissance presque bestiale qui lui fait perdre conscience durant un court instant. Édith a gémi et crié décuplant ainsi le désir de Simon. Puis leurs corps se laissent aller, parcourus par une onde de bien-être, et dans leurs yeux il y a encore beaucoup d'amour. Pour finir la fraîcheur de la nuit les oblige à se rhabiller. Apaisés, ils se serrent l'un contre l'autre et s'abandonnent à la contemplation du lac que la lune émaille de ses reflets d'étain. Et toujours cette quiétude à peine troublée par les cris aigus et étouffés de quelque oiseau du marais. Les vaguelettes se délitant entre les galets moussus et, par intermittence, le frissonnement feutré des roseaux qui fait croire à une présence.

Pour un peu, on en oublierait la guerre et ses menaces rampantes, la mort qui traîne insidieusement, susceptible de surgir à tout moment au détour d'une route ou de l'épaisseur d'un bois. Ces moments en deviennent d'autant plus magiques…

Simon n'ose pas dire un mot. Édith non plus. Leurs visages se touchent, imprégnés de l'odeur de l'autre, n'ayant besoin que de cet infime contact pour continuer à faire vibrer leur âme. Pourtant, Édith doit se résoudre à redescendre du fil sur lequel ils évoluaient comme deux funambules en état de grâce au-dessus du vide :

– Simon, il est tard. Il vaudrait mieux que je rentre.
– Oui, naturellement, lui répond-il à regret.

Il jette le drap dans la grange et donne la main à Édith pour l'aider à monter les quatre marches qui conduisent au pré. Ils gravissent lentement le petit chemin avec l'impression de laisser sur cette plage un peu de leur amour naissant. Tant d'incertitudes sur l'avenir... Alors, comment ne pas avoir envie que l'image de ce film reste figée pour toujours. Ils parviennent au sommet de la ruelle et en passant, ils ont vu en contrebas la terrasse désertée que Séverin Bodard s'échinait à balayer tandis que sa femme finissait la vaisselle, faisant tinter les verres sur le comptoir, derniers bruits d'une nuit d'allégresse qui résonnent comme une extravagance. Puis ils ont lentement remonté la rue principale, chacun dans ses pensées, cherchant à appréhender cette situation nouvelle. Le village est nimbé du silence de la nuit et derrière les portes et les volets se dissimulent des vies au ralenti, marquées par l'absence, l'incertitude ou la souffrance, des vies fragiles qui ont souvent perdu tout espoir. Chaque maison a son histoire et son fardeau. Simon le sait. Aussi est-il décidé à ne pas laisser échapper sa chance. Il veut dire des choses à Édith, des mots si beaux qu'on aurait envie de les écrire. Pour la retenir. La garder. Toujours. Mais il a du mal. On est maintenant sorti du village, à l'endroit où la route, épousant parfaitement la rive du lac, est bordée par un muret de pierre qui marque le début du marais. Tout là-haut sur la gauche, Simon devine la maison de Guerrini, posée à l'orée de la forêt. S'il était là, l'Italien, il lui aurait déjà passé un savon. *Cretino*... Oui, il se sent vraiment crétin à marcher comme ça sans rien dire, sans rien faire. Alors, au moment où ils arrivent à l'entrée du pont sur le canal, Simon prend Édith dans ses bras et lui donne un baiser intense. D'abord surprise, elle s'abandonne complètement. Puis il se recule pour mieux l'admirer.

– Édith, je voudrais te dire... enfin, ça m'énerve. Je ne suis pas très fort pour les phrases.
– Alors, dis-le avec tes mots à toi. Je comprendrai.
– Bon, en un mot, je t'aime. Mais ce mot est top faible par rapport à ce que je ressens. Depuis le jour où je t'ai vue au bord du canal, tu as habité mes nuits, tu as pêché à mes côtés et je n'ai vécu que pour te voir et te prendre dans mes bras. Et ce soir, ce qui m'arrive est tellement énorme que je ne réalise même pas.

– Moi aussi j'ai été immédiatement attirée par toi, sinon je ne me serais pas permis de te sourire. Je ne suis pas une allumeuse.
– Attirée ? Mais est-ce que tu éprouves de l'amour pour moi ?
– Tu sais, j'ai appris à me méfier des mots. Qu'est-ce que ça veut dire « je t'aime ». C'est une formule. Après il faut voir à quoi ça mène et combien de temps ça dure…
– Mais enfin, nous avons fait l'amour, c'est pas rien.
– Bien sûr, je me suis donnée à toi et je ne l'aurais pas fait avec un autre !
– Alors, tu m'aimes ?
– Écoute, Simon. Ce soir tu m'as donné beaucoup de plaisir et je suis bien avec toi, comme je ne l'ai été avec aucun autre homme, ce n'est déjà pas si mal !
– D'accord, mais moi, quand je pense à toi, ça me brûle à l'intérieur ! Je te le dis tout net, sans avoir besoin de réfléchir, je veux que tu sois ma femme !
– Je comprends, Simon, mais ce n'est pas possible.
– Comment ? Pas possible ? Tu te fous de moi ! Finalement tu es comme toutes les autres. On veut bien baiser avec Simon, mais pour le reste, ce n'est qu'un pauvre pêcheur. On peut pas faire sa vie avec lui.
– Idiot ! Tu n'as rien compris ! !

– Alors explique-moi !
– Je ne peux pas…
– C'est bien ce que je disais, tu te fous de moi !
– Si c'est comme ça, restons-en là ! Merci pour la soirée !
– Non, attends Édith ! Pardonne-moi, je me suis énervé… mais j'aimerais tellement que tu sois ma femme ! Je crève d'amour pour toi !

Édith ne peut répondre et des larmes baignent ses tendres yeux verts. Simon est désolé et il regarde deux traces luisantes descendre le long des joues d'Édith, sans rien faire. Puis, soudain il réagit et sort son mouchoir à carreaux pour essuyer les larmes. Alors elle lui prend la main et l'entraîne vers un tronc d'arbre où ils s'assoient. Un silence pesant que personne n'ose rompre. Enfin, elle se décide :
– Simon, ce que je vais te dire met ma vie en danger. Ça, c'est une preuve d'amour ! Voilà. Emma et Rose ne sont pas mes cousines. Nous n'avons aucun lien de parenté. Moi, je suis juive et une partie de ma famille a été embarquée, il y a deux ans. Je n'ai plus eu de nouvelles d'eux. Le frère de Roger, Raoul Bosson, employé de la Préfecture à Lyon, était un ami de mon père. Je me trouvais à la Faculté lorsque les Allemands sont venus à la maison, et Raoul a juste eu le temps de me prévenir avant que je ne sois

arrêtée, puis il m'a cachée. Ensuite, il m'a fabriqué de faux papiers et m'a expédiée ici, chez les Bosson. Depuis, je vis avec la peur au ventre, même si ce soir ce fut la plus belle soirée que j'ai passée. Mais tu comprends bien que je ne peux pas me marier avec toi dans ces circonstances !

– Au contraire, si tu deviens ma femme, tu changeras de nom. Ça brouillera un peu plus les pistes.

– Non, Simon, ce n'est pas possible ! C'est trop dangereux.

– Alors, tout à l'heure tu m'as dit que tu mettais ta vie en danger et que c'était une preuve d'amour ? Eh bien ! confidence pour confidence, je vais te prouver de la même façon à quel point je t'aime. Tu as entendu parler de l'avion allemand tombé dans le lac ?

– Bien sûr que oui. On est à l'écart du village mais on est au courant des nouvelles. Et puis j'ai assez tremblé quand j'ai vu le convoi allemand passer sur la route !

– Bon. Tu sais que les Allemands voudraient bien retrouver leur avion…

– Oui. On prétend que la cargaison est très importante.

– Plus que ça. Tout le monde est persuadé que l'avion transportait de l'or. C'est pour ça que les Allemands se démènent autant. Des papiers ou des tableaux, ils les auraient laissés au fond de l'eau. Non, de l'or, c'est sûr.

– Et où veux-tu en venir ?
– Alors, je suis le seul à avoir vu tomber cet avion et à savoir où il se trouve !
– C'est pas possible ?
– Si !
– Mais tu es en danger, Simon ! Les Allemands ont promis la peine de mort à quiconque leur dissimulerait des informations. C'est placardé partout !
– Ne t'inquiète pas ! Tu es la seule à le savoir. Maintenant, je connais ton secret et tu connais le mien. Nous sommes liés l'un à l'autre, à vie !
– Simon, tout ça me fait peur. Tu es inconscient !
– Mais non, Édith ! Et puis imagine, lorsque j'aurai retrouvé l'or, nous pourrons tout acheter, même de faux papiers plus vrais que nature. Avec cet or, tout sera possible !
– Ce n'est pas ce qui m'intéresse...
– Édith, je t'aime, je te veux ! Sois ma femme !
– On verra... Je préfère attendre la fin de la guerre.

Elle n'a pas dit non. C'est ce qui compte. Et puis tout le monde en est sûr, les Allemands n'en ont plus pour longtemps. Alors avec un peu de patience...

Simon prend Édith par le bras et il la raccompagne de l'autre côté du pont. Il l'embrasse délicatement et ils se séparent sans précipitation, puis il attend qu'elle disparaisse derrière la première maison du hameau après un dernier signe de la main.

Il reprend la route et en marchant, il essaie de mettre de l'ordre dans ses idées car tout ce qui lui arrive est vraiment hors du commun ! Il a soudain l'impression de jouer un rôle dans plusieurs vies à la fois. À certains moments, il sent bien que le danger est redoutable mais l'image bleue d'Édith valsant et riant vient sans arrêt s'interposer pour lui faire oublier toute prudence. Cette nuit, il dormira avec elle, pour de bon, revivant ces fabuleux instants peuplés d'amour et de désir, sûr que rien d'autre ne pourrait le rendre plus heureux.

VIII

Ce matin, Simon part avant l'aube, comme à son habitude. Il n'a presque pas dormi tant l'image d'Édith l'obsédait. Il s'est repassé tout le film de la journée, depuis le sabotage de la barque jusqu'aux moments si intenses de la nuit. Il a revu Édith en train de rire et danser, en un mot vivante. Puis le corps nu, offert, chevauché et tendu par le désir. Jamais il n'a connu telle jouissance et ce qui reste à ses yeux le plus important, une fois les sens apaisés, c'est de pouvoir s'aimer davantage. Vibrer par un regard, une caresse ou un mot. Ne plus être deux individualités mais former un couple dont les éléments s'amalgament grâce à une connivence aussi puissante que soudaine.

Alors Simon descend le long des ruelles, le cœur léger. Maintenant, il sait pourquoi il travaille, il marche, il respire. Sans compter cet or qui attend au fond du lac. Il le voit étinceler avec des reflets jaunes que les courants agitent. Il imagine la maison aux croisées blanches et Édith juste devant, radieuse, et délivrée de toutes ses angoisses. Simon hâte le pas car il veut être le premier sur le lac. Le petit chemin. Les escaliers. La barque à sortir de la grange et tout de suite cette paix intérieure retrouvée dès qu'on glisse sur les eaux tranquilles. En ramant, il pense encore à Édith mais, à peine a-t-il dépassé l'entrée du canal qu'il se met déjà en quête de son repère. Il a du mal car la nuit refuse de céder le pas trop facilement. Enfin, après plusieurs évolutions circulaires et à la faveur d'un éclat de lune il parvient à distinguer le flotteur de liège. Il se rapproche avec précaution mais il lui faut attendre un peu de clarté ; du coup, il jette ses filets de l'autre côté de la barque pour donner le change, au cas où un fouineur comme le « héron » viendrait à rôder dans les parages. Puis le jour arrive subrepticement. Simon jette un coup d'œil autour de lui. Personne sur le lac, ni sur les rives. Alors il tâte l'eau : elle semble fraîche, mais avec les premiers jours de mai elle a dû commencer à se réchauffer. Il se déshabille, ne gardant qu'un vieux caleçon de bain en laine marron. Il se laisse glisser le long de la barque et à mi-cuisses l'eau glaciale le pétrifie. Malgré tout, il ne renonce pas et par petits paliers il finit par s'immerger. Édith a raison, il est complètement fou ! Maintenant il faut faire vite car le plein jour n'est plus très loin. Après avoir légèrement suffoqué, il a repris beaucoup de souffle et plonge en essayant d'aller au plus profond. Nager lui redonne de la vigueur et lui fait oublier le froid. Il descend. Cinq mètres… sept… huit… Il sent qu'il ne pourra pas aller beaucoup plus bas. Il scrute le fond de l'eau un peu trouble et produit un dernier effort quand soudain, à quelques mètres au-dessous de lui, il aperçoit la masse sombre et floue de l'avion ! À travers l'émeraude des fonds il a juste le temps de distinguer le cockpit brisé et peut-être de vagues silhouettes. Mais à ce moment-là, il doit remonter d'urgence car le cœur s'emballe. S'éloigner de cette épave pour ne pas être happé par elle. Besoin de respirer, ses poumons brûlent. Il économise ses gestes. L'eau s'éclaircit peu à peu et la coque du bateau apparaît enfin. Encore quelques mouvements. Il a l'impression que tout va éclater à l'intérieur de son corps. Plus que deux mètres, et dans un dernier élan sa tête jaillit hors de l'eau. Pendant plusieurs minutes il avale de grandes goulées d'air, suffoquant et libérant des cris rauques. Il sait qu'il a bien failli rester au fond…

Après avoir récupéré, il se hisse péniblement dans la barque en grelottant et se rhabille au plus vite. Heureusement il a prévu le coup et par-dessus la chemise il enfile un épais chandail de laine. Ça va tout de suite mieux, même s'il a du mal à respirer normalement. Toujours aux aguets, il observe la rive et croit déceler du mouvement sur la digue des frères Aignoz. Les autres bateaux ne vont pas tarder à sillonner le lac mais il lui reste encore un peu de temps. Il sort donc le grappin qu'il a fixé au bout d'une longue corde et le lance à l'eau. Une idée comme ça ; déjà pour mesurer la profondeur à laquelle se trouve l'avion. Dire que l'or est peut-être là-dessous, si près et si loin en même temps. Il enrage. Le grappin descend et tout à coup la corde se détend : il a dû toucher l'avant du moteur. Simon retire deux ou trois mètres de corde et laisse redescendre le grappin à l'aplomb du cockpit, enfin à vue de nez. Il rencontre à nouveau un obstacle mais en tirant, Simon sent cette fois une résistance. Pourvu qu'il n'ait pas accroché un corps ! Que ferait-il dans ce cas-là ? Surtout que les autres pêcheurs seront bientôt à proximité sans compter qu'un avion de reconnaissance peut surgir à tout moment... Il tire deux ou trois coups secs et le grappin finit par céder. Il le remonte avec précaution et une fois que celui-ci affleure la surface de l'eau, Simon découvre un objet vert olive coincé entre les crochets. C'est une sorte d'étui qui a l'épaisseur d'un gros livre. Cette trouvaille l'affolant plus qu'elle ne l'intrigue, il ne prend même pas le temps de l'examiner et la cache sous des chiffons à l'intérieur d'un panier à poissons. Vite ! Il faut se mettre à pêcher car deux barques progressent déjà dans sa direction. Il se met à tirer les filets. Par chance, quelques prises. Des perches qu'il jette aussitôt par-dessus les chiffons. Puis il repart du côté de Châtillon pour ne pas donner l'éveil, partagé entre enthousiasme et inquiétude. Maintenant il est sûr qu'avec un peu d'aide ce serait possible de sortir cette foutue cargaison. Devenir riche et en finir avec la misérable condition de pêcheur. D'un autre côté, comment passer inaperçu aux yeux des collègues et des Allemands ? Mission impossible !

Cependant le visage d'Édith surgi d'un banc de brume vient aussitôt lui redonner espoir. Pour elle, il trouvera un moyen ; il n'en doute pas.

Il passe le reste de la matinée à pêcher tout en changeant sans arrêt de lieux ; ainsi, nul ne pourra le soupçonner d'avoir retrouvé l'avion. Néanmoins, il est mal à l'aise car l'objet remonté par le grappin rend son secret encore plus lourd à porter. De temps à autre, il croise un pêcheur. Quelques mots d'une banalité affligeante. Curieusement, plus personne n'évoque l'avion mais on sent bien que chacun continue à chercher l'épave, soit pour son compte personnel soit pour obtenir une contrepartie éventuelle des Allemands. Simon, lui, malgré le danger et les obstacles, n'est pas prêt à renoncer. Tout son esprit est tendu vers cet objectif; il pêche machinalement, rame comme un automate et en arrive même à oublier Édith, motif principal de cette quête périlleuse et insensée.

Finalement, la pêche n'est pas mauvaise et des lavarets sont venus garnir les paniers. Il pourra à coup sûr les vendre au restaurant situé au bout du canal, un des rares encore en activité. Quelques sous pour améliorer l'ordinaire et pourquoi pas offrir un cadeau à Édith. Cette seule pensée l'enchante mais son euphorie est de courte durée car un maudit bruit d'avion le ramène à la réalité. Toujours ce *Focke-Wulf* qui vole à basse altitude et vient fureter dans tous les recoins du lac. Aujourd'hui, il semble rester au nord, réduisant ainsi sa zone de recherches, ce qui n'est pas fait pour rassurer Simon. Parfois, il passe à quelques mètres au-dessus des barques, sans doute pour vérifier ce qu'elles transportent, puis repart en direction du marais où il s'attarde plus que d'ordinaire. Pourvu qu'il ne repère pas le flotteur ! Au bout d'une heure, il finit par disparaître dans l'échancrure de la montagne, laissant retomber le silence comme une menace implicite.

Simon décide alors de rentrer. Il a suffisamment de poisson et les passages répétés de l'avion l'angoissent à chaque fois. Lorsqu'il atteint la digue il se sent presque soulagé. D'habitude, c'est plutôt l'inverse. Une fois la barque amarrée, il range avec soin son matériel et sort de la grange une petite remorque pour remonter les paniers à poissons. Au sortir du chemin, il éprouve une sensation bizarre. Le village lui semble trop calme. La première ruelle, la deuxième, puis la place de la mairie, déserte. Normal, il est deux heures de l'après-midi et les gosses sont à l'école. Enfin, pas grand monde dehors tout de même…

C'est au moment où il s'engage dans la dernière montée qu'il comprend : un peu plus bas, sur la route, est stationnée une voiture allemande ainsi que trois side-cars. À peine le temps de les apercevoir que dans son dos déboulent trois camions remplis d'hommes en armes. Il pense aussitôt à ses paniers et à l'objet qui s'y trouve. Il ne faudrait pas que les Allemands le fouillent, il serait perdu ! Les camions le dépassent et, à l'arrière, les soldats au regard impénétrable sont alignés, fusil en main, prêts à bondir. Pris de panique, Simon a accéléré le pas et arrive enfin chez lui. À la hâte, il vide ses paniers dans le bassin et sous les chiffons poisseux il prend l'étui qu'il a remonté de l'avion. Sans chercher à connaître la nature de l'objet, il s'engouffre dans la grange, dresse l'échelle et monte jusqu'au fenil : là, derrière une grosse poutre blanchie par la poussière, il dégage une pierre du mur et dans la cavité qu'elle dissimule, glisse l'espèce de sacoche vert olive. Cette cachette, c'est le grand-père qui l'avait bricolée : au fil des ans, on y a mis de l'argent, des bijoux, ou des lettres importantes. Aujourd'hui, elle va receler un objet étranger, mystérieux, funeste, dont il faudra se débarrasser au plus vite. En attendant, Simon replace soigneusement la pierre avec un peu de terre et de foin. Il est sûr que personne ne viendra fouiller par ici, surtout pas sa mère qui serait bien incapable de monter à l'échelle.

L'heure avance et il va falloir porter le poisson au restaurant. En temps ordinaire, il aurait attelé le vieux tracteur mais le carburant est maintenant trop rare, c'est pourquoi il ira à pied avec la remorque sur laquelle il a hissé un vivier en zinc rempli de lavarets. Il descend la rue qui conduit à la départementale et, arrivé au carrefour, il jette un coup d'œil sur sa droite. Les Allemands sont toujours là à hauteur du « château », et Simon comprend très vite : certains d'entre eux vont s'installer dans une aile du bâtiment et poursuivre leurs recherches. Ils pourront ainsi mieux surveiller le lac et contrôler ce qui se passe au village. De ce fait, les chances de retrouver l'avion semblent infimes mais Simon veut encore croire à son rêve.

Il vient juste de vendre ses poissons. Le restaurateur a fait baisser le prix et Simon n'y trouve pas son compte. De toute façon c'est la guerre et on n'a pas le choix. C'est à celui qui profitera de l'autre. Simon suit maintenant la route du canal et croise deux des camions allemands : certains soldats très jeunes le dévisagent et trois d'entre eux s'esclaffent au passage. Ils se foutent de lui et cela renforce encore la haine qu'il éprouve. Au début de la guerre il était plutôt fataliste, tant qu'il pouvait continuer à pêcher. Et puis les Allemands on ne les voyait pas beaucoup. Mais petit à petit, cette vie exiguë a commencé à lui peser, sans parler de l'absence du père qu'ils ont tué en dix-sept. Il pense à tout ça Simon, et sa colère monte sourdement. Il serait même capable de leur jeter des pierres mais ils auraient tôt fait de descendre et de le fusiller sur place. Alors il reprend sa route, poings serrés, visage blême. Il marche si vite qu'il aperçoit bientôt les bâtisses du canal. Il accélère encore et, tout en filant son chemin, à hauteur de la maison des Bosson, il siffle dans ses doigts, trois coups brefs. Quelques minutes plus tard, passé le pont, il s'assoit sur le vieux tronc d'arbre noyé dans la végétation. Il n'attend pas longtemps car Édith franchit déjà le pont à bicyclette. Elle jette presque sa machine dans l'herbe et aussitôt ils s'étreignent en s'embrassant farouchement. Depuis le bal, ils sont obligés de se voir en toute discrétion car les Bosson ont fait la morale à Édith. Ils sont soucieux de sa sécurité mais aussi de la leur et ils lui ont demandé de ne pas trop s'éloigner du hameau. Du coup, elle et Simon emploient toutes sortes de ruses pour pouvoir se rencontrer, ce qui attise un peu plus les désirs et les sentiments. Parfois, c'est la crique sauvage qui leur sert de refuge. À d'autres moments, ils se voient dans la bicoque en pierres posée au milieu des roseaux. Là, sur un tas de foin oublié, ils ont fait l'amour à plusieurs reprises avec la même envie et le même contentement. Au début, Édith se fait câline, charmeuse, envoûtante, puis refuse d'aller plus loin, comme si elle attendait que Simon la force. Lui, parlemente, finit par la déshabiller et à la vue de ce corps aux formes si harmonieuses, il ne peut plus se maîtriser. Il l'étreint, la caresse, l'embrasse partout puis la possède avec fougue, presque trop vite. Ensuite, ce sont les instants qu'il préfère : corps nus, grisés et repus, avec pour seul horizon leurs regards qui se perdent l'un dans l'autre. Des mots d'amour qui engendrent des espérances, le temps d'oublier la guerre et sa cohorte de saloperies. Préserver cette flamme si fragile, s'aimer à toute vitesse avant un malheur possible et surtout, éviter de se fabriquer un avenir empreint de regrets. Toutefois, lorsqu'on se quitte, une fâcheuse impression de ne pas pouvoir toucher à l'absolu en restant sur des sensations inachevées.

Aujourd'hui, Simon n'a pas envie de faire l'amour, il préfère effleurer le visage et les cheveux d'Édith, la regarder simplement avec des yeux dans lesquels se lit tout l'amour du monde. Elle, cela suffit à la combler et à lui faire penser qu'ici bas, même si elle a tout perdu, il lui reste cet homme avec ses mains calleuses de pêcheur, son regard si émouvant, cet homme à qui elle laisse chaque jour un peu de son cœur en otage.

– Édith, les Allemands sont revenus au village.
– Je sais, je les ai vus passer ce matin…
– Oui, mais cette fois, ils se sont installés au « château ».
– Oh ! ça ne change pas grand-chose.
– Si ! il faudra être encore plus prudent !
– Tu deviendrais donc raisonnable, Simon ?
– Je ne plaisante pas, Édith !
– Mais d'habitude c'est toi qui…
– Je voudrais surtout que tu sois en sécurité. Finalement, les Bosson ont raison, il vaut mieux que tu ne t'éloignes pas du hameau. Au moins, sur le canal, vous êtes à l'écart.
– Et dire que tu voulais m'épouser ! Tu vois, j'avais raison !

– Je ne change en rien mes projets mais si je te dis ça c'est que... enfin, c'est dur à dire...
– Simon, tu n'es pas obligé de tout me raconter, je peux comprendre.
– Si je veux que tu sois ma femme, je ne vais pas commencer à te cacher des choses !
– Alors, parle ! Tu as confiance en moi ?
– Voilà. Ce matin, je suis retourné sur le lieu du naufrage, j'ai plongé et j'ai réussi à distinguer la silhouette de l'avion.
– Mais c'est de la folie ! Avec l'eau gelée, tu aurais pu y rester !
– Ce n'est pas tout. J'ai lancé un grappin et j'ai remonté une sorte d'étui qui devait se trouver dans le cockpit...
– Simon, tu me fais peur. Et si les Allemands venaient à l'apprendre ?
– Ne t'inquiète pas ! L'objet est bien caché et personne ne le dénichera. Par contre, au cas où j'aurais des ennuis je ne veux pas que tu sois mêlée à cette histoire.
– Mais pourquoi tu t'entêtes avec cet avion ? Pour de l'or qui n'existe peut-être même pas ! Nous n'avons pas besoin de ça...
– Tu ne te rends pas compte que notre vie pourrait complètement changer, Édith !
– Simon, je t'aime et le plus important c'est que tu restes vivant. Alors promets-moi que tu vas te tenir tranquille !

– Oui, oui, c'est promis. De toute façon, les Allemands surveillent le lac et je ne peux rien faire tant qu'ils sont là. Alors tu devrais être rassurée…

Simon avait prononcé ces dernières paroles sans beaucoup de conviction, et même si la discussion avait pris une tournure plus amoureuse, au fond de lui il ne pensait qu'à l'avion et à sa cargaison, l'or, catalyseur de toutes les passions.

Le soir tombait sur le marais, invitant les oiseaux à espacer leurs piaulements et, hormis le froissement des roseaux par le vent ou le gargouillis de l'eau sur les bords du canal, aucun bruit étranger ne venait troubler la paix de ce lieu devenu enclave. Édith et Simon profitèrent encore un peu du répit que leur accordait ce monde rempli de tumulte ; toutefois, au moment de la séparation, ils ne purent masquer l'inquiétude qui voilait leurs regards. Simon rentra au village et s'étonna que les rues fussent aussi calmes pour un mois de mai. Sans doute, à cause de la présence des Allemands. Juste avant d'arriver chez lui il rencontra Blaise qui traînaillait dans la ruelle. En passant, il lui donna une petite tape amicale puis rentra. La mère avait maintenu la soupe au chaud sur le fourneau car désormais, elle ne s'étonnait plus de voir son fils rentrer à des heures impossibles. Il ne lui avait rien dit mais elle avait deviné qu'il y avait une fille là-dessous et elle aurait bien aimé qu'il lui en parle, qu'il l'amène à la maison. Cependant, si elle avait su que son fils fréquentait une réfugiée juive, elle aurait passé son temps à se faire du mauvais sang et craindre pour sa vie.

Après le souper, Simon s'était muni d'une lampe et avait grimpé au fenil. Une fois la pierre dégagée, il avait sorti l'objet de la cachette. À présent, il le tenait dans ses mains et saisi par l'émotion, le tournait et le retournait sans oser le déballer. Au bout d'un moment, il avait fini par ôter le gros caoutchouc encore humide qui en interdisait l'accès. Il fit glisser l'étui et se trouva en présence d'une espèce de gros livre. Taraudé par la curiosité, il entreprit de l'ouvrir avec l'impression de pénétrer dans une zone interdite. Ce ne fut pas facile car l'eau avait collé les pages. Prenant beaucoup de précautions il réussit à détacher les feuilles les unes des autres et il étala le livre sur une vieille caisse. D'abord il lut des noms : Müller, Zimmermann, Vogel, Ritter… sans doute ceux des pilotes. Ainsi, ils devaient être quatre. Ensuite des annotations en allemand et une quantité de nombres parmi lesquels il semblait y avoir des horaires. D'autres textes encore avec des tampons et des signatures qui commençaient à se délaver. Bref, tout un langage de signes et de codes qui lui restaient étrangers.

C'est pourquoi Simon ne cherche pas à en savoir plus : tout cela le dépasse et l'inquiète en même temps. Le document officiel qu'il a entre les mains a certainement une importance vitale pour les Allemands et il prend conscience des risques qu'il encourt en cherchant à l'escamoter. Mais que faire ? Il ne peut quand même pas rapporter ce livre de bord aux autorités ; on lui poserait un tas de questions et il finirait par se trahir. D'autre part, il n'a pas renoncé à la cargaison et le fait d'avoir récupéré si facilement cet objet le conforte dans l'idée que l'or est à portée de main.

Soudain, un bruit ! Ce n'est que le chat tigré, sorti de nulle part, qui vient de sauter sur une planche. Surpris, Simon referme soigneusement le livre sans le remettre dans son étui afin qu'il sèche mieux, puis il le replace dans la cavité et éparpille du foin pour cacher la pierre.

Assis sur une poutre, il reste un long moment à gamberger. Son esprit s'embrouille : Édith, les Allemands, l'avion, le mariage, la guerre, les pêcheurs, l'or, la mort… Il aurait peut-être mieux valu qu'il ne soit pas sur le lac ce jour-là, pense-t-il, et à cet instant il ferme les yeux, revoyant l'ombre immense de l'avion s'abattre sur lui comme une malédiction.

IX

Les Allemands n'ont beau être qu'une vingtaine autour de l'*Oberleutnant* Kruse, depuis qu'ils se sont installés au « château » on vit dans une peur sourde. Chacun sait qu'un geste équivoque ou un mot mal interprété suffirait à déclencher une réaction violente de ces soldats dont l'assurance exagérée tente de camoufler les premiers signes d'une armée en déroute. Le pas retentissant des patrouilles dans les ruelles, les allées et venues de véhicules ou les ordres hurlés s'élevant des pelouses du domaine, tout contribue à appesantir l'atmosphère du village. Les Allemands sont à l'affût, interrogent, guettent les moindres changements, ou entrent parfois à l'improviste dans les habitations. Certains jours, ils fouillent même les barques au retour de la pêche. Et tiens ! l'autre jour ils ont renversé sur la plage tous les poissons de Pugieu qui s'était mis à rouspéter contre eux. Cette fois, la guerre est bien présente et l'ennemi n'est pas cantonné en ville, de l'autre côté du lac. C'est ici, en direct, et la haine commence à sourdre derrière les portes des maisons. Mais que faire avec des vieux, des femmes, des gosses et quelques jeunes, soldats fantômes et désarmés ? Comment s'opposer à ces Allemands, presque des gamins pour la plupart, qui vous mènent par le bout de leur fusil, prêts à toutes les violences pour exorciser leur propre peur ?

Alors on se résigne, on compose, on piétine son orgueil en attendant des jours meilleurs. Le compromis de la lâcheté mais qu'importe, l'essentiel est de rester en vie ! Cependant les relations s'empoisonnent un peu plus. On se méfie de tout le monde. Qui sont les blancs ? Les noirs ? On soupçonne, on suppute, on croit que, on est sûr de... Chacun se mure dans ses certitudes, son aveuglement, et au final l'ennemi règne en maître sans avoir besoin de hausser le ton.

Simon, quant à lui, redouble de prudence. Il évite de retourner sur les lieux du naufrage et pêche maintenant du côté de l'abbaye, à l'ouest du lac. Et pourtant, il meurt d'envie de plonger à nouveau, relancer le grappin et, qui sait, remonter d'autres objets, en un mot s'approcher un peu plus de l'or. Avec Édith, ils se voient moins souvent. Une ou deux fois de nuit, lorsqu'il passe par le chemin de la montagne, au risque de tomber nez à nez avec les Allemands qui patrouillent de temps à autre sur les sentiers. Du coup, il est obligé de lui rendre visite chez les Bosson mais ces derniers, redoutant d'attirer l'attention, ne sont pas très enthousiastes. Ce sont donc des rencontres sans intimité où l'amour ne se manifeste que par des regards ou des mains qui s'effleurent. Pas d'autre choix pour Édith. Elle sait que cette famille risque sa peau pour la protéger et elle se défend de lui en vouloir. Par contre Simon, lui, en a assez d'être sans cesse chaperonné et supporte de moins en moins la jalousie latente d'Emma et Rose que laissent poindre d'acrimonieuses réflexions. Il aimerait vraiment emmener Édith loin d'ici et lui inventer une autre vie à la mesure de sa beauté et de sa grandeur d'âme. Alors, à certains moments, il se dit qu'un peu d'audace lui permettrait d'assouvir ses rêves, étant bien conscient qu'il ne pourra y parvenir seul. En attendant mieux, il se contente donc de cet amour à la sauvette, éprouvant chaque jour une frustration plus grande. Édith l'apaise souvent de sa voix suave et lui assure qu'on finira bien par voir le bout du tunnel. Il fait semblant de la croire mais au fond de lui, il reste persuadé que si l'on n'agit pas, rien ne changera.

Simon passe beaucoup de temps à la pêche même si on a de plus en plus de mal à vendre le poisson. De l'abbaye, il est revenu vers la pointe rocheuse sans trop s'approcher de son flotteur, car il sait que les Allemands observent en permanence le lac à la jumelle. D'ailleurs, l'insuccès de leurs recherches les rend hargneux, et avant-hier ils ont fouillé son bateau. Il n'en menait pas large devant les huit soldats qui braillaient des ordres incompréhensibles, mais paradoxalement il a éprouvé beaucoup de jubilation à les voir s'évertuer pour rien, se sentant, lui le pauvre pêcheur, maître de ce jeu dangereux. Malgré les passages répétés des *Focke-Wulf* de reconnaissance, leur quête est restée infructueuse et Simon à l'impression d'avoir l'avantage sur eux. S'il ne parle pas, personne ne saura... jamais ! Quant aux autres pêcheurs, d'abord enflammés par la perspective de récupérer l'or, ils n'ont plus l'air de chercher vraiment, calmés par la présence oppressante de l'ennemi. Chacun compte sur un coup de chance mais sans trop de conviction, tant on est persuadé que remonter la cargaison en cachette relève de l'utopie. À l'auberge on peut toutefois mesurer les tensions qui règnent dans le village et tous les sentiments se font jour. Colères rentrées, amertume, mesquineries ou arrogance se partagent le quotidien des villageois qui, en premier lieu, n'acceptent pas leur impuissance face à une bande de soudards venus troubler leur tranquillité et entraver leurs projets. Même Pugieu a perdu de son mordant et cette ambiance délétère n'incite pas Simon à se rendre souvent au café. Il a maintenant deux objectifs importants : Édith et l'avion. Il ne pense plus qu'à ça !

Ce soir, n'ayant pu convenir d'un rendez-vous avec Édith, il est rentré de bonne heure et s'assoit sur le banc pour profiter du jour qui décline. La fragrance du lilas violet de la cour se répand jusque sur la terrasse et le soleil, caché depuis près de deux heures par la montagne, lance encore quelques paillettes dorées sur le lac comme une aumône, embrasant en même temps les falaises du plateau rocheux situé à l'est. Tout est paisible et la guerre pourrait presque passer inaperçue. L'eau du bassin continue à chuchoter avec, en arrière-plan, d'autres bruits plus sourds qui ne parviennent pas à troubler la rêverie de Simon. Il imagine une famille avec des enfants qui piaillent et courent en tous sens ; leur mère qui danse, radieuse, épanouie ; des rires, de l'insouciance, enfin tout ce qui lui a manqué jusqu'à maintenant... Le tintement du seau en fer posé par sa mère sur la terrasse le ramène brusquement à la réalité. C'est l'heure du souper. Simon quitte à regret le vieux banc et, au moment où il va rentrer, quelqu'un débouche au coin de la maison des Chambat : c'est Guerrini. L'Italien s'arrête à la limite de la cour et lui fait signe de s'approcher, puis à voix basse :

– Il faudrait que tu passes chez moi ce soir, c'est très important.
– Qu'est-ce qui arrive ?
– Je ne peux pas t'en parler maintenant. Viens vers dix heures et tâche de ne pas être suivi…

Simon n'a pas le temps de poser une autre question que Guerrini a déjà disparu dans la pénombre, mais il ne s'en émeut pas pour autant car il est habitué aux silences de l'Italien ainsi qu'à son regard mystérieux. Malgré tout, c'est la première fois qu'Elio Guerrini l'invite à venir chez lui et ça le préoccupe quand même. Le repas, entrecoupé de mots parcimonieux, est expédié au plus vite et l'attente commence car il n'est que neuf heures. Pour passer le temps il se rend dans la grange et entreprend de ranger quelques bricoles sans véritable entrain. Arrivé devant l'échelle il ne résiste pas à l'envie de réexaminer le livre récupéré dans l'avion. Avant de retirer la pierre il observe le mur : c'est bon, rien n'a été bougé. Le document est presque sec, et même si certaines pages sont encore collées les unes aux autres, on peut le feuilleter plus facilement. Toujours ces noms, ces chiffres et ces mots étrangers qui l'intriguent. Il repense aux pilotes qui ont écrit une partie de ces lignes et dorment à présent au fond du lac. Ceux-là, il ne leur en veut pas, par contre les soldats qui font régner la peur dans le village, s'il pouvait... Au bout d'un moment, il referme le livre et l'idée lui vient de le montrer à Guerrini qui, paraît-il, comprend un peu l'allemand. De toute façon il ne risque rien car l'autre est une vraie tombe. Simon enfouit donc le livre dans un sac tyrolien fatigué et poussiéreux puis il entasse par-dessus un paquet de vieux journaux. Au cas où on l'arrêterait, il pourrait toujours dire qu'il les apporte à Guerrini pour faire du feu. Avant de partir, il ferme la porte d'entrée car sa mère est déjà couchée.

Il attend quelques minutes. Tout est calme. Rue déserte. Heureusement on n'est pas encore dans la touffeur de ces soirées de juin où l'on reste jusque tard sur le pas des maisons pour profiter de la brise fraîche s'élevant du lac. Simon passe maintenant devant la maison des Chambat et il marque le pas ; il se méfie de Blaise qui peut encore rôder dehors. Rien. Il continue et arrive à hauteur de chez Roussillon. Ce dernier, depuis qu'il est veuf, dort très peu et décrypte tous les bruits de la nuit. Simon redouble donc de prudence : c'est à peine si son pas érafle les cailloux de la route. Il dépasse la ferme en silence et dix mètres plus haut, à gauche, il s'engage dans un chemin forestier. Cela le contraint à un détour par la forêt mais en continuant tout droit, il serait obligé de passer devant la ferme de Perrin. Il suffirait que le « héron » l'aperçoive et le lendemain, grâce à sa commère de femme, la Valentine, tout le village saurait. Il fait assez sombre, ce qui ne gêne pas Simon, capable de se diriger dans l'obscurité et d'éviter les obstacles par instinct. Il faut dire qu'il arpente la forêt depuis qu'il est gosse et en connaît tous les recoins. À présent le sentier devient plus rude mais c'est momentané. Il va bientôt arriver à la croisée des chemins, là où il devra bifurquer à droite pour rejoindre la maison de Guerrini, quand soudain une cavalcade se déclenche derrière lui : la peur l'étreint aussitôt et en se retournant il parvient juste à distinguer les silhouettes de deux chevreuils qui détalent dans la forêt. Il tremble un peu et pense aux risques qu'il a pris en emportant le livre dans son sac. Trop tard ! Le voilà cette fois sur le sentier menant chez Guerrini. Simon avance à pas de loup et au bout de quelques instants aperçoit une faible lueur qui tremblote derrière les vitres sales de la maison. Il s'arrête à une vingtaine de mètres et surveille les alentours, puis il se dirige vers la porte d'entrée. Il frappe discrètement, et après un temps d'attente, Guerrini entrouvre la porte. Une fois dans la pièce principale, Simon jette un bref coup d'œil et mesure aussitôt la précarité dans laquelle vit son ami. Quelques meubles disparates, de vieilles caisses en bois et un fourneau sans âge qui rougeoie à travers les lézardes de la fonte. Des murs bruts, des portes disjointes, un misérable décor où les silhouettes sont projetées par l'espèce de lampe-tempête accrochée au-dessus de la table. La chambre se livre par une ouverture qu'habituellement un rideau de toile doit masquer : un méchant lit, une table de nuit bancale et un crucifix au mur. C'est à peu près tout et ce dénuement exprime d'emblée la solitude qui régit l'existence de Guerrini. Pourtant il ne se plaint jamais et derrière ses silences, on sent une secrète espérance en embuscade.

Il invite Simon à s'asseoir en face de lui. La lueur jaunâtre de la lampe fait à ce moment ressortir les traits de son visage anguleux et elle avive nettement ses yeux marron en y jetant des éclats farouches. Les cheveux bouclés et luisants ainsi que la carrure massive lui confèrent une image de force tranquille laissant poindre malgré tout une rage contenue qui pourrait se libérer à chaque instant comme un torrent furieux. Simon a soudain l'impression de découvrir Elio. Il ne l'a jamais regardé comme ça, face à face, et ce soir il lui semble avoir affaire à un autre homme : un Guerrini mystérieux, pugnace, déterminé, qui aurait pris la place du bûcheron modeste et taciturne. Durant un moment, personne ne parle comme s'il y avait un danger imminent, et l'Italien le fixe avec une telle intensité que Simon en est presque mal à l'aise. Puis après une courte hésitation, Guerrini se lance :

– Je sais tout !
– Tout quoi ?
– Ne fais pas le *cretino* avec moi !
– Dis donc ! À la place de tes énigmes, si tu parlais clairement pour une fois.
– Écoute ! Une nuit, je sors pour pisser et j'entends un bruit de moteur assez lointain. Intrigué, je descends à la limite du pré, juste à l'endroit où on voit bien le lac. Le bruit finit par se rapprocher, et d'un seul coup un avion débouche du sommet des peupliers puis rase les marais. En quelques secondes il vient toucher l'eau et part dans une sacrée culbute ! Le vacarme, les flammes, ça ne dure pas longtemps car il disparaît tout de suite dans le lac. Je reste baba, tu t'imagines ! Et puis, au bout d'un moment, j'aperçois quelque chose qui bouge sur l'eau : en y regardant de plus près, je me rends compte que c'est une barque qui rôde sur les lieux…
– Et tu veux en venir où ?
– J'en déduis que le seul pêcheur un peu fou pour être sur l'eau à cette heure s'appelle Fauraz ! Je sais que c'est toi, je t'ai même vu plonger l'autre matin. D'ailleurs,

t'es vraiment dingue car t'aurais bien pu y rester !

Simon marque un temps et il sent le rouge lui monter aux joues. Des souvenirs mêlés. L'enfance. L'école. Un petit mensonge découvert par l'instituteur. La honte devant les autres ! Là, c'est un mélange de confusion et de crainte. Mais Guerrini le rassure :

– N'aie pas peur ! Si j'avais voulu te dénoncer je l'aurais déjà fait. C'est pas le genre de la maison, tu devrais le savoir !
– Alors, qu'est-ce que tu veux ? Je suppose que tu ne m'as pas fait venir ici simplement pour me raconter que l'avion t'a empêché de pisser !
– Non, bien sûr ! Après, il y a eu cette histoire d'or. Moi, au début, j'avais du mal à y croire, mais à la longue j'ai pigé que ça devenait possible et l'arrivée des Allemands a confirmé que le chargement devait avoir beaucoup de valeur…
– Donc, l'or t'intéresse, tu veux m'aider à le remonter et ensuite on partage, c'est ça ?
– Non, pas du tout. Tant que j'ai la liberté, ça me suffit. Il ne faut jamais souhaiter la richesse quand on n'y a pas été habitué. Ça peut rendre fou !
– Décidément, pour arriver à te comprendre, toi !

– Dans cette affaire, moi, je n'ai pas d'importance. Je suis là seulement pour rendre service.
– Et rendre service à qui ?
– Tu vas bientôt le savoir. Encore un peu de patience ! « Ils » ne devraient plus tarder maintenant...

S'il n'avait pas confiance en Guerrini, Simon aurait vraiment de quoi avoir peur. Finalement, il ne le connaît pas si bien que ça, et dans cette période trouble tout est possible. L'Italien pourrait très bien travailler pour les Allemands en échange de sa liberté. Non, Simon se dit que ça ne tient pas debout et au même moment il croit deviner une ombre derrière le carreau de la cuisine. Trois coups brefs. Deux coups espacés. Guerrini se lève et, sans aucun signe d'inquiétude, ouvre la porte. Trois hommes armés font irruption dans la pièce et Simon, par un réflexe de défense se dégage brusquement de sa chaise, mais il se rassure aussitôt car il connaît bien les deux premiers arrivants : ce sont les frères Rubin qui ont disparu du village depuis des mois ! Alors, c'était bien vrai, ils font partie de la Résistance ! Armand et Camille se tiennent là, devant lui, bronzés et amaigris, pistolet à la ceinture pour l'un et pistolet-mitrailleur en bandoulière pour l'autre. Passé le moment de stupeur, Simon s'avance vers eux et ils s'étreignent spontanément.

Gamins, ils maraudaient et pêchaient souvent ensemble. À peine plus âgés, déjà délurés, les deux frères avaient trouvé en Simon un compère idéal : toujours disponible, indépendant, et en même temps bon camarade. Leur père ayant été tué au début de cette guerre-ci, ils s'étaient juré de le venger et un beau jour on ne les avait plus revus au village. Certains prétendaient qu'ils étaient décédés, d'autres pensaient que les Allemands les avaient embarqués. En tout cas, ce soir, ils sont là devant Simon, bien vivants, et ça lui met de la joie au cœur. Le type qui les accompagne est peu loquace. Trapu, visage carré, cheveux en brosse, il cramponne son arme et son regard de tueur impressionne Simon. D'ailleurs, au bout de quelques minutes, il ressort, sans doute pour assurer de l'extérieur la protection des frères Rubin.

Guerrini sort quatre verres et une bouteille de rouge invitant les autres à s'asseoir. Avant de se taire complètement il esquisse encore quelques mots :

– Ça s'est bien passé ce soir ?
– Ouais. On est descendu par le sentier de la falaise et après on a traversé tout le marais. Tu peux être sûr que les *fritz* vont pas s'y risquer !
– Méfiez-vous quand même parce que l'autre nuit, j'ai failli me faire surprendre en

traversant la voie ferrée, une patrouille qui longeait les rails…

– Entendu ! On fera gaffe !

– Bon. Simon. À nous ! Hier, Elio nous a mis au courant pour l'avion.

– C'est vrai, j'étais à la pêche quand il est tombé… Puis il y a eu cette histoire d'or, et au village ils se sont tous monté la tête avec ça. Moi au début je n'y croyais pas, mais quand on a vu les Allemands rappliquer et devenir aussi hargneux on s'est dit que la cargaison devait être vitale pour eux.

– Et tu serais capable de retrouver le lieu exact ?

– Bien sûr ! L'autre jour, j'ai même plongé et j'ai distingué la silhouette de l'épave. D'ailleurs, j'ai un flotteur qui marque l'emplacement.

– Très bien. À ton avis, l'épave se trouve à quelle profondeur ?

– Je dirais entre dix et douze mètres… Mais il faut du matériel et de vrais plongeurs.

– Ne t'inquiète pas pour ça ! On a des gars en ville qui vont se démerder pour avoir ce qu'il faut.

– Ça c'est une chose, mais Elio a dû vous dire que les Allemands se sont installés au « château » et de là-haut ils peuvent surveiller le lac. Ils ont même réquisitionné le bateau à moteur des proprios !

– T'en fais pas pour ça ! dit Camille, les *fritz* vont bien finir par se calmer. Il y a plus de quinze jours qu'ils sont là et ils n'ont toujours rien trouvé…

– C'est sûr ! Bientôt ils se décourageront. Et puis pour eux les nouvelles ne sont pas si bonnes. Un de ces quatre matins ils vont décamper en Allemagne et on leur brûlera la paille au cul ! rajoute Armand. Ça leur laissera de beaux souvenirs !

– Admettons qu'ils repartent. Il faudra remonter la cargaison de nuit parce qu'au village on ne peut pas compter sur tout le monde. Déjà que cet or leur a tourné la tête !

– C'est pas un problème, on aura les hommes et les bateaux. Les frères Aignoz, Barbier et Masson sont pour nous et on peut compter sur une autre brigade qui assurera la sécurité, sans oublier les plongeurs.

– Ça me paraît en ordre, dit Simon.

– Ah ! pour l'organisation, tu n'as pas de souci à te faire avec nous ! Tu sais, dans le maquis on apprend vite, c'est une question de survie…

– Par contre, moi je veux bien vous aider mais il faut me dire à quoi va servir le butin.

– Normal… Si on récupère l'or ou ce qui est à la place, on fait coup double : d'abord les Allemands sont dans la mouise et ils vont se tirer dans les pattes ; deusio, pour le maquis c'est une chance inespérée, un beau trésor de guerre !

– Je comprends…
– Mais ne t'en fais pas, selon la valeur de la cargaison tu auras droit à une petite gratification ! C'est logique puisque sans toi on n'aurait jamais retrouvé cette épave.
– Tu sais, moi je demande rien !
– Allez ! On sait bien que t'as une fiancée ! Tu voudrais bien la marier l'Édith, non ?
– Mais c'est incroyable, vous savez tout ! Vous êtes pire que la *Gestapo* ! Je parie que c'est Elio qui…
– Tu sais, il n'y a pas qu'Elio ! D'autres personnes dans les villages nous aident à leur façon. Nourriture, armes, renseignements, tout est bon à prendre. Souvent des gens que tu connais bien…
– Tu peux nous croire, renchérit Armand, on sera bientôt en mesure de filer une sacrée raclée aux *boches* !

Simon marque un temps d'hésitation, puis s'adressant à Camille qui semble être le chef :

– Alors, il faut que je vous dise… j'ai encore quelque chose pour vous.
– Explique-toi.
– L'autre jour, après avoir plongé, j'ai lancé un grappin comme ça, pour mesurer la

profondeur, et j'ai récupéré quelque chose qui se trouvait dans l'avion.
– Ah ! bon ?
– J'vais vous faire voir…

Il tire aussitôt le sac tyrolien de dessous la table et il enlève les vieux journaux qui le remplissent. Puis avec précaution, il sort le livre et le pose sur la table. Pendant quelques instants personne n'ose le toucher. Enfin, Camille s'en saisit et commence à feuilleter les pages en jetant des regards admiratifs à Simon. Avec son doigt, il suit certaines lignes et finit par complètement s'absorber dans la lecture du document. Il passe ensuite le livre à son frère et il se tourne vers Simon :
– Là, mon gars, tu m'épates vraiment ! Tu as mis la main sur le livre de bord de l'avion et ça c'est une sacrée découverte !
– Note bien, je me doutais que ça vous intéresserait…
– Elio, tu y jetteras un coup d'œil pour voir ce que tu comprends et demain on le donnera à traduire au professeur qui nous a rejoints le mois dernier.

Aussitôt, l'exaltation monte autour de la table et Guerrini sert à boire comme pour fêter la bonne nouvelle. Simon, lui, jubile. Il se sent important. Pensez ! il a réussi à impressionner des résistants. Il aimerait bien qu'Édith soit là en ce moment. Sûr qu'elle serait fière de lui ! Elle n'aurait plus peur !

C'est Camille qui reprend la main :

– Bien. Simon tu viens donc de nous apporter un document très important que les *fritz* aimeraient récupérer. Je crois que maintenant tu en sais suffisamment pour…
– Ça va ! Je suis d'accord !
– Ne t'emballe pas ! Attends que j'aie fini !
– Je suis d'accord pour vous aider !
– Bon. Dès que les Allemands déguerpiront, on s'occupera de l'avion comme je te l'ai dit tout à l'heure. En attendant, on te confiera des missions, parfois des bricoles, mais sache que la tâche la plus dérisoire peut avoir des conséquences capitales. Alors, prends tout au sérieux et sois le plus discret possible. C'est Elio qui te fera parvenir les instructions mais tu éviteras de le rencontrer, à part au bistrot. Ne change surtout pas tes habitudes ! Comme les Allemands contrôlent la plupart des routes, on se servira quelquefois de ton bateau pour faire passer des messages ou du matériel sur la rive est du lac. La pêche sera un bon alibi.
– Est-ce que j'aurai une arme ?
– Pour l'instant, tu n'en as pas besoin. Par la suite on te fera passer une arme de poing. Tant que tu ne seras pas dans le maquis, ça te suffira.

Armand rajoute :

– On a confiance en toi, Simon, mais la vie nous a appris que le meilleur des meilleurs peut un jour avoir une faiblesse… à cause de l'argent, d'une femme… Si ça venait à être le cas pour toi, c'est Dimitri, le gars là dehors, qui s'en chargerait. Lui, il n'est pas de la région et il n'est jamais allé à la maraude avec toi. Tu vois ce que je veux dire ?
– Vous pouvez dormir tranquille, je n'ai jamais trahi personne ! rétorque Simon, presque vexé qu'on puisse douter de lui.
– Armand a raison, la moindre imprudence peut faire tomber tout le réseau. C'est pas un jeu et il faut vraiment que tu saches où tu mets les pieds.
– Ça va ! J'ai bien compris.

La nuit s'avance et l'homme en sentinelle leur fait un signe par le carreau. Il va falloir repartir. Brève étreinte, et on se quitte sans plus de cérémonie. Puis les trois résistants s'engagent sur le sentier qui remonte dans la forêt. Pour éviter toute mauvaise rencontre ils vont marcher à couvert pendant trois kilomètres pour déboucher au-dessus du canal qu'ils traverseront grâce à une vieille barque. À cet endroit, il n'y a plus d'habitations. De là, ils emprunteront l'un des chemins rectilignes qui traversent le marais, ensuite la voie ferrée à franchir, à nouveau le marais, et pour finir, le sentier abrupt de la falaise qu'ils attaqueront après avoir évité le gros bourg assoupi au pied de la montagne. Les trois silhouettes s'estompent dans le bleu-violet de la nuit, trois ombres fugitives en route vers une destinée incertaine. Ces hommes que la mort peut surprendre à chaque instant ont sans hésiter, fait le choix de combattre pour une liberté qu'on leur a volée à l'aube de leur jeunesse.

Immobile devant la maison, Simon les voit s'évanouir dans la forêt et il ressent maintenant une immense fierté. Cette fois il fait partie de la Résistance ! Depuis longtemps ça le titillait mais il n'avait jamais eu l'opportunité de s'engager. Comme beaucoup, il était souvent tiraillé entre le courage et la peur, l'envie et le renoncement. Dans la vie de tous les jours, il ne peut pas y avoir que des héros ! Ce soir, par contre, il vient de faire un grand pas. Dommage qu'Édith ne soit pas là ! Elle aurait sûrement de l'admiration pour lui et sans doute se sentirait-elle plus en sécurité ; car les Rubin l'ont bien dit : la Résistance gagne du terrain et les Allemands vont être obligés de ficher le camp.

Simon se décide à partir et il salue Guerrini. L'autre, toujours aussi énigmatique, lui glisse tout de même :

– Tu as bien compris ? Sois prudent et méfiant !

Simon lui répond par un haussement d'épaules et il s'élance sur le sentier d'un pas allègre. Il se sent fort, plein d'assurance. Il n'a même plus peur de rencontrer une patrouille, et lorsque le chemin ouvre ses feuillages pour laisser apparaître les premières habitations, il s'arrête un court instant : il sait maintenant avec certitude que bientôt, ce village, ces gens, ce lac, vont se réveiller sous un jour nouveau. Pour la première fois de sa vie, il n'est plus à la merci des évènements, il devient acteur de sa propre existence, capable de changer avec d'autres le cours du destin.

X

Trois jours se sont écoulés depuis la rencontre avec les frères Rubin. Simon a eu tout le temps de réfléchir à l'engagement qu'il a pris et maintenant, il est plus déterminé que jamais. Un peu pour lui, pour son père, et beaucoup pour Édith. Justement, on est dimanche et ils doivent passer un moment ensemble. La petite maison de pierre cachée au bord du marais devient leur lieu de rendez-vous et, comme le canal est à deux pas, Simon utilise souvent le bateau, manière d'être plus discret.

En ce début d'après-midi le lac frétille de mille vaguelettes d'argent, et des effluves mêlés, soufflés du rivage par la brise, viennent se perdre à la surface de l'eau, tandis que les montagnes bleutées semblent somnoler sous la caresse du soleil. On pourrait presque croire à la paix s'il n'y avait cette présence diffuse et sournoise de l'ennemi qui risque de surgir à tout moment pour mettre en joue votre vie. Même sur le lac, oasis de quiétude et de liberté, cette image de soldats vert-de-gris vous hante, durablement incise dans votre esprit. Alors, tout en ramant, Simon songe à Édith et tente d'imaginer leur avenir, fût-il incertain. Plus concrètement, il cherche aussi à deviner quelle robe elle aura choisie, comment elle se sera parfumée, autant de petits détails qui ne le préoccupaient jamais avec les autres femmes.

Il continue à longer le marais qu'une brise indolente fait frémir discrètement. Jusque-là, il n'a vu qu'un seul bateau, une famille qui partait en promenade vers Hautecombe. Il lui a semblé que c'étaient les Buffaz. L'embouchure du canal s'annonce et Édith occupe maintenant toutes ses pensées. Presque une semaine qu'ils ne se sont pas vus ! Il remonte le courant, accompagné par les seuls cris d'oiseaux qui exultent en ce mois de mai, et c'est à peine si on entend le friselis de l'eau déclenché par l'avancée paisible de la barque. Arrivé à l'endroit où le cours d'eau oblique légèrement à gauche, Simon accoste la banquette herbeuse et amarre le bateau au tronc d'un saule puis, sur une cinquantaine de mètres, il suit le sentier de terre sèche qui s'insinue à travers le marais pour mener à la bicoque en pierre. Lorsqu'il débouche du chemin, il voit Édith, immobile devant l'entrée, souriante, robe rouge comme au premier jour. Il a l'impression de la redécouvrir à chaque fois.

Il se précipite et l'étreint passionnément. S'ensuit alors un long baiser qui avive un peu plus leur désir et, sans perdre de temps avec d'inutiles paroles, ils poussent la porte vermoulue de la maison pour se jeter sur le tas de foin sec et odorant. Simon déshabille Édith avec empressement. Elle lui facilite la tâche, impatiente, le corps embrasé par l'attente du plaisir. Contrairement à son habitude, Simon temporise, retient ses gestes, l'embrasse par petites touches, comme s'il voulait prolonger indéfiniment cette jouissance retenue des prémices. Elle, réclame l'amour de tout son être mais il la fait languir, attisant encore son envie en se dégageant légèrement d'elle. Elle se cambre alors, seins dressés comme pour le provoquer, et il n'en faut pas plus pour que Simon la serre rageusement et en vienne à la posséder avec une ardeur prolongée qui lui fait presque tourner la tête. Ils se libèrent au même instant, juste le temps pour Édith de pousser un petit cri voluptueux, et ils finissent par retomber sur le dos, éreintés, rassasiés, sereins. Ensuite, ce sont les corps qui se rapprochent, se cherchent et s'étreignent à nouveau avec des regards embués par l'amour et des mains qui se parlent pour ne pas troubler le silence. On est quelque part dans le marais, quelque part sur la terre, mais sûrement perdu dans l'éternité. Le soleil, découpé par les barreaux en fer de l'unique fenêtre, projette des flèches jaunes sur la pierre blanchâtre, descendant peu à peu au niveau de leurs visages, et les senteurs légères du foin qui ont investi l'intérieur de la maisonnette les inciteraient presque à s'endormir. Mais ils résistent à la somnolence pour ne pas perdre ces moments précieux qu'ils chapardent à la vie, à la guerre, appelant de toutes leurs forces le jour béni de la paix où ils pourront s'enivrer de liberté.

Ils se retrouvent ici depuis près de deux mois maintenant, mais finalement, ils ne savent même pas à qui appartient cette espèce de grange. Pourtant, elle doit bien avoir un propriétaire puisqu'il y a du foin. Peut-être est-il mort ou prisonnier ? En tout cas, leur amour y est à l'abri. Au-dehors tout est paisible : c'est à peine si on entend les roseaux qui par instants frissonnent, les plaintes clairsemées de poules d'eau, de canards, ou encore le froissement d'ailes propagé par un vol d'oiseaux pressés. Ici, dans cette thébaïde de fortune, ils vivent à l'unisson de la nature, enfin débarrassés de l'ignominie du monde, mais chaque séparation leur laisse un peu plus d'amertume et de regret.

En regardant les poutres du toit, Simon vient d'apercevoir sur le haut du mur une inscription et une date à moitié effacées par l'humidité et la poussière. On devine seulement les premiers chiffres, un et huit. Ainsi cette grange aurait été construite dans les années mille huit cent ; mais qui a bien pu avoir l'idée de la bâtir dans le marais ? Était-il asséché à l'époque ? Est-ce que l'on y trouvait des cultures ou un simple pacage ? Simon s'absorbe dans sa réflexion tout en caressant nonchalamment les cheveux d'Édith. Il est comme ça ; même les questions les plus anodines doivent trouver une réponse. Intriguée, Édith passe sa main devant les yeux de Simon en souriant :

– Hé ! je suis toujours là ! Tu me quittes déjà ?

Non, bien sûr. Elle a raison. Il faut vivre pleinement cet amour sans se laisser distraire. Pour se faire pardonner il l'embrasse avec chaleur, mais soudain ses instincts d'homme habitué au milieu sauvage lui font redresser la tête. Il a entendu un léger craquement. Quel animal ? Pas un oiseau en tout cas. Il tend l'oreille. Un autre craquement, une branche cette fois. Un sanglier, ce serait plausible, mais pas en plein après-midi. En se concentrant de tout son être, il discerne des bruissements d'herbe. Puis plus rien. Attente brève. On dirait maintenant le frôlement de deux étoffes. Simon regarde du côté de la fenêtre : depuis qu'ils sont entrés dans la grange aucune ombre n'est venue couper le soleil. Alors, il remet son pantalon pour aller voir ce qui se passe à l'extérieur, mais il n'a pas le temps de boucler sa ceinture que tout s'enchaîne très vite: la porte ouverte d'un violent coup de pied, et trois soldats allemands qui se ruent à l'intérieur de la grange en hurlant sauvagement. Édith a saisi sa robe et tente de cacher un peu de sa nudité mais elle ne parvient pas à masquer sa poitrine. Elle tremble de peur et Simon est cloué en position assise. Les Allemands qui ont l'avantage de la surprise, du nombre et des armes, gardent leurs fusils braqués. Ils sont très jeunes. Simon l'avait déjà remarqué et il se dit qu'en face ils doivent racler les fonds de tiroirs pour trouver des soldats. Ils n'ont pas l'air très sûrs d'eux mais petit à petit ils se détendent en comprenant qu'ils n'ont pas affaire à des résistants. Et puis, ce qui attire surtout leurs regards c'est la magnifique poitrine d'Édith. Ils échangent quelques clins d'œil et affichent maintenant des sourires pervers. Édith remonte du mieux qu'elle peut sa robe sur ses seins mais elle n'en mène pas large car, sur le visage des ennemis se lit toute la cupidité qu'ils ont du mal à dissimuler. Elle est terrorisée, sachant bien qu'ils n'hésiteraient pas une seconde à profiter de la situation. Simon est livide. Lui aussi a compris. Dans l'expectative, tous ses muscles se raidissent et sa tête bouillonne. Que peut-il faire ? Il est comme un poisson pris dans la nasse. À cet instant, ce n'est plus le silence paisible de tout à l'heure, c'est un silence de mort, de menace et de terreur.

Tout à coup l'un des soldats aboie :

– *Papier* ! ! !

Simon se relève aussitôt et sort ses papiers :

– Moi, pêcheur… dit-il maladroitement. (Ils ont dû voir la barque amarrée au saule et au moins ils le croiront, pense-t-il)

Il poursuit d'un ton craintif :

– Mademoiselle… ma fiancée…

Les trois soldats se parlent en allemand et éclatent de rire. Simon se sent humilié. Ils sont en train de se foutre de lui et doivent parler d'Édith en termes grivois. Il est pris de rage mais tente désespérément de se maîtriser. Il pense aux recommandations des frères Rubin. Surtout pas d'imprudence ! Il aura bien le temps de leur régler leur compte plus tard. Sur un geste d'eux, Édith est sommée de montrer ses papiers. Elle avance alors la main vers son sac et, ce faisant, lâche un pan de sa robe, laissant ainsi apparaître ses fesses aux courbes harmonieuses. Les Allemands montrent aussitôt une certaine satisfaction et Simon se prépare à toute éventualité. Non, il ne les laissera pas souiller Édith, fût-ce au prix de sa vie. Terrifiée, elle tend ses papiers en tremblant. Le soldat les examine sommairement puis il les lui rend en se répétant pour lui-même :

– Édith… Édith… *Schöne*.

Est-il subjugué par Édith ou n'est-il pas capable de discerner des faux ? En tout cas, les papiers doivent être bien imités (Merci Raoul Bosson !) Il y a encore un long temps d'attente et les Allemands palabrent. Édith est toujours figée, serrant sa robe contre elle, quant à Simon, il réfléchit pour trouver une issue, mais face à trois soldats armés il sait ne pas être en position de force. Et puis il n'a pas même un gourdin pour se défendre. Toutefois mettant la main à sa poche il sent son Opinel qui est là, replié, arme dérisoire. Il essaie de l'ouvrir discrètement mais les Allemands le guettent du coin de l'œil. Il commence à transpirer. Dans la grange la tension est à son paroxysme. Cinq personnages avec des desseins différents et des sentiments opposés, prêts à agir ou à subir. Le danger est imminent. Simon raidit ses muscles, paré pour ce combat inégal. Il a réussi à ouvrir l'Opinel, le serrant à s'en faire mal aux doigts. Les Allemands rigolent à nouveau et regardent Édith avec des airs de convoitise. L'incertitude devient dramatique et tout peut basculer sur une parole ou un geste de trop.

Soudain, le coup de klaxon prolongé d'un camion vient par chance mettre un terme à ce dangereux face-à-face. Quelques mots gueulés en allemand traduisent le dépit des soldats qui disparaissent dans le marais pour rejoindre la route.

En nage, Simon se laisse tomber dans le foin, complètement vidé, tandis qu'Édith se jette dans ses bras en sanglotant et libère d'un coup toute son angoisse. L'émotion les fait haleter car ils ont conscience d'avoir échappé au pire. Puis Simon reprend ses esprits et une lueur de sauvagerie traverse brusquement ses yeux.

– Ne pleure pas, mon amour, tout cela va bientôt finir…
– Comment… veux-tu que ça finisse ? Ils seront toujours là, dans l'ombre…
– Non, non. Ils ne resteront plus très longtemps.
– Simon, j'ai eu tellement peur…
– Je te l'ai dit, ça ne va pas durer !
– Mais, qu'est-ce que tu en sais ? S'ils avaient voulu, ils auraient pu te tuer.
– Je ne me serais pas laissé faire, j'avais déjà préparé mon Opinel.
– Un couteau contre trois fusils mais réfléchis, jamais tu n'aurais eu le dessus !

– C'est pas dit. De toute façon, ça va bientôt changer. On va s'occuper d'eux et les renvoyer d'où ils viennent, ces salauds !
– Mais tu n'es qu'un pêcheur, Simon, et eux ce sont des soldats !
– Écoute ! Dans quelque temps, moi aussi je serai armé et à ce moment-là ils ne feront plus les malins !
– Enfin, qu'est-ce que tu me racontes, Simon ?
– Bon. Normalement, je ne devrais pas t'en parler parce que j'ai des consignes…
– Je ne comprends rien à toutes ces histoires.
– Après tout, un secret de plus ou de moins entre nous… Voilà, je vais t'expliquer : il y a trois jours, je suis rentré dans la Résistance !
– Mais tu risques ta vie ! Toi, tu es toujours au village et ils peuvent te trouver facilement. Ce n'est pas comme ceux du maquis…
– Et alors ? Tu crois que les gars qui sont dans la montagne d'en face ne risquent pas leur peau ? Et pour qui ? Pour tous ceux qui ne lèvent pas le petit doigt !
– Tu ne peux quand même pas demander aux gens d'être tous des héros !
– Non ! bien sûr ! Mais à force de baisser le froc, les Allemands sont devenus les seigneurs ! Il faut que ça s'arrête !
– Et tu penses donc les vaincre à toi tout seul ?

– Écoute-moi bien, Édith ! Je ne peux pas trop en dire mais sache simplement que dans le village on est de plus en plus nombreux à aider la Résistance.

– Moi ce que je sais, c'est que les Bosson donnent un coup de main aux résistants et à cause de ça ils n'ont plus de répit. Toujours sur le qui-vive, à se méfier de tout et de rien. C'est pour ça qu'ils ne veulent plus que tu viennes là-bas. Ils évitent d'attirer l'attention sur eux.

– Justement, quand ils sauront que nous sommes du même côté, ce sera plus facile !

– Simon, tout ça me fait peur. Moi, j'essaie juste de survivre avec de faux papiers. Je n'ai plus de famille et aujourd'hui tu es devenu ma seule espérance. Alors quand tu parles de prendre les armes, fatalement…

– Mais je te le répète, ils vont être obligés de foutre le camp !

– Et si vous vous trompiez, tous ! Si la guerre venait à durer encore des années, comment est-ce que ça finirait ?

– Tu sais, je ne peux pas tout te dire mais les gars du maquis sont bien renseignés. Les ordres arrivent directement de Londres.

– Au fait, qui t'a embringué dans cette aventure ?

– Édith, j'ai promis d'être discret…

– Tu n'as donc pas confiance en moi, qui suis censée devenir ta femme ?
– Ce n'est pas la question !
– Ça va, garde tes secrets ! Après tout, j'en sais peut-être plus que toi.
– Bon, d'accord. L'autre soir, j'ai été invité chez Guerrini et peu après mon arrivée, les frères Rubin ont débarqué avec un autre type. Ils savaient que j'étais sur le lac la nuit où l'avion est tombé. Ils m'ont proposé de m'aider à remonter la cargaison et en échange, ils ont promis que j'aurais une petite part sur le butin… tout ça pour nous Édith ! Mais, j'ai compris qu'ils avaient surtout besoin de combattants et je me suis engagé à leurs côtés pour accomplir des missions. Au début, je devrais faire passer des messages ou transporter des armes, ensuite il faudra bien aller au contact.
– Ça ne me rassure pas du tout, Simon !
– De toute manière, je ne reviendrai pas sur ma promesse. J'en ai marre d'être spectateur de cette guerre alors qu'on nous humilie et que d'autres se font trouer la peau pour nous. J'ai envie de te faire des enfants et qu'ils soient fiers de leur père ! Finalement, cette histoire d'or, ça devient tout à fait secondaire ; désormais l'urgence est ailleurs.

– Eh ! bien, tu feras ce que tu voudras ; j'accepte ta décision. D'ailleurs ai-je le choix ?
– Sache bien que si je rentre dans la lutte c'est un peu pour venger mon père mais c'est surtout pour nous. On ne peut continuer à vivre dans ce pays entouré de barreaux et d'interdictions, un pays où l'on n'a même pas le droit de s'aimer. Tu as vu tout à l'heure ? Ils n'avaient qu'une envie, c'est de te violer, tous les trois ! Tu imagines ce qu'aurait été notre vie après ça ?
– Tu as peut-être raison, après tout. Je me suis contentée de survivre mais c'est mieux de vivre. Seulement, n'oublie pas que je t'aime et que j'ai tout misé sur toi. Alors, pour chaque décision que tu vas prendre, chaque action prévue, je te demande d'être prudent. Promets-moi de tout faire pour préserver ta vie !
– Hé ! mais je n'ai pas envie de mourir ! Je veux encore pouvoir te faire l'amour quelques milliers de fois !
– Ne plaisante pas, je suis sérieuse !
– Moi aussi, qu'est-ce que tu crois ? Tu es tellement belle que ton corps devient pour moi comme une drogue. Mais, attention ! il n'y a pas que ça ! Je t'aime pour tout ce que tu représentes : tes mots, ton allure, ton parfum et aussi tes silences ou tes secrets.

– Est-ce que le pêcheur deviendrait aussi un peu poète ?
– Tu sais, je n'ai pas eu la chance d'aller longtemps à l'école. La vie je l'ai apprise sur le lac, dans le marais, en observant les oiseaux, les serpents ou les renards, et souvent, ces leçons-là, on les retient mieux que celles des livres. Tu vois, pour les gens, c'est pareil. Je me fie à mon instinct. Toi, par exemple, je n'ai pas eu besoin que tu me parles. Ton sourire a suffi et j'y ai lu tout ce que tu n'osais dire. Je savais que tu serais l'amour de ma vie.
– Simon, c'est très beau ce que tu me dis. C'est bizarre, tu ne m'as jamais parlé de cette façon…
– Peut-être parce qu'aujourd'hui j'ai vu la mort de près et qu'il ne faut pas perdre de temps !

Le soleil avait maintenant cessé d'éclairer l'intérieur de la grange et le vent descendu de la montagne y soufflait un peu de fraîcheur. Après l'échange d'un long baiser, Édith, qui se sentait épuisée par l'émotion, se rhabilla sans hâte et Simon l'aida avec beaucoup de prévenance, boutonnant l'arrière de la robe de ses mains rudes et peu habituées aux travaux minutieux. Il prit soin également de retirer les brins de foin accrochés au tissu. Ensuite, ils restèrent un long moment à se regarder ; dans leurs yeux on pouvait déceler à la fois espoir et inquiétude. Malgré tout ils se sentaient assez forts, et encore plus unis par cette aventure qui aurait bien pu tourner au tragique.

Puis ils quittèrent la grange, presque soulagés, pour s'engager sur le chemin qui sort du marais. Arrivé aux abords de la route, Simon demanda à Édith de l'attendre en retrait, et il s'avança pour vérifier que les soldats ne traînaient plus dans les parages. La voie étant libre, ils marchèrent le long de la départementale en direction du pont. Le soir commençait à envelopper les marais qui s'apprêtaient à retrouver leur vie nocturne faite de bruits étouffés, de senteurs sauvages, de combats secrets et aussi de petites morts anonymes. Simon et Édith arrivaient déjà au pont et l'instant de la séparation leur parut plus pénible que d'ordinaire. Ils restèrent longtemps à se dévorer des yeux, se caresser le visage, à s'effleurer, chacun s'imprégnant du souffle de l'autre comme s'il voulait le garder en lui. Accoudé à la balustrade, il la suivit des yeux lorsqu'elle descendit le chemin conduisant au hameau et il lui fit encore un signe avant qu'elle ne disparaisse derrière la première maison. Il éprouva alors une sensation bizarre, pas nouvelle cependant, l'idée que l'au revoir pût se changer en adieu. Il avait tellement peur de la perdre ! Il faut dire qu'après l'incident de l'après-midi cette mauvaise pensée s'insinuait un peu plus dans son esprit.

Il finit par repartir, essayant d'effacer ses appréhensions. Très vite, il fut dans le marais et malgré l'obscurité croissante, il n'eut aucun mal à retrouver son chemin. Il marqua un temps d'arrêt devant la grange, comme pour prendre la mesure du danger auquel ils avaient échappé et sa résolution en fut renforcée. À bout du sentier de terre durcie il récupéra sa barque et une fois sur l'eau, se sentit soudain apaisé. Il se mit à ramer sans à-coups et glissa silencieusement sur le canal, à l'affût de tous les signes sonores ou olfactifs que lui renvoyait la nature. Tantôt des coassements ou des piaulements de jeunes oiseaux, tantôt des cris en forme de plaintes ou d'appels, et toujours ces odeurs d'eau fraîche mêlées à l'âcreté des roseaux pourrissants.

Cette étendue sauvage, où la frontière entre l'eau et la terre fluctuait sans cesse, était son fief. Plus que tout autre, il y évoluait avec un instinct animal et une remarquable aptitude à en déchiffrer les langages. Il élevait le lac et le marais au rang de sanctuaire et l'incursion des trois Allemands devenait une violation de territoire, de « son » territoire, une véritable profanation. Il avait maintenant hâte de rentrer dans la Résistance active, de se battre… enfin.

À la sortie du canal, il accéléra le rythme comme pour évacuer cette colère qu'il sentait sourdre en lui et il arriva très vite en vue du village. En passant près du « château », il aperçut plusieurs fenêtres éclairées et entendit que l'on s'agitait dans la cour. Quelques bruits de moteur, puis plus rien. Il commença à échafauder des projets de sabotage, faciles à mettre en œuvre pour des pêcheurs. Couler le bateau à moteur, mettre le feu au « château » ou encore miner le pont. Mais bon, ce n'était pas lui qui commandait. On verrait ça plus tard. Une fois à la digue, il tira la barque sur le rivage et la rentra dans la grange à l'aide du vieux chariot grinçant et fatigué. Depuis qu'on lui avait coupé les amarres, il avait appris à se méfier. Si c'était pas malheureux !

C'est au moment où il refermait la porte qu'il perçut une première détonation. Ça venait de l'est. Il redescendit sur la plage et se mit à scruter la montagne d'en face. Il distingua deux ou trois brèves lueurs orangées puis des bruits mats et saccadés, sans doute des rafales d'armes automatiques. Ensuite des coups de feu épars qui résonnèrent dans les falaises calcaires. De fugaces éclairs bleutés. À nouveau l'écho de tirs successifs et lointains. Ce terrifiant feu d'artifice dura près d'une heure et Simon resta cloué sur place, comme hypnotisé par cette montagne devenue le décor d'une lugubre pièce de théâtre. Il n'avait plus aucun doute : les Allemands avaient dû lancer une opération contre le groupe des frères Rubin qui s'était installé dans un ancien hôtel au col du Sapenay. Que s'était-il réellement passé ? Est-ce que les maquisards avaient repoussé les assaillants ? Avaient-ils réussi à s'enfuir ? Et lui qui était là, planté comme un con, sans armes, incapable d'aller les aider ! Dès le lendemain il se rendrait chez Guerrini pour avoir des nouvelles de ses compagnons de lutte. Cette fois, il allait s'engager pour de bon et rejoindre le maquis, mais pour cela il fallait prendre les ordres. On ne pouvait pas improviser.

Il remonta chez lui, d'un pas lourd qui trahissait son accablement. Les rues étaient désertes, les volets clos et un silence exaspérant avait pris possession du village. À cet instant, il aurait eu envie de frapper aux portes des maisons, de les réveiller tous, puis descendre au « château » et massacrer les Allemands avec des fusils de chasse, des fourches, des gourdins, ou s'il le fallait, à mains nues. Mais il se sentit tellement impuissant qu'il en eut les larmes aux yeux, et la rage qu'il tentait de contenir l'oppressa un peu plus encore. Dans la rue au bas de la chapelle, il se signa et, de toutes ses forces, souhaita que ses copains fussent toujours en vie.

Lorsqu'il emprunta la dernière ruelle, Simon vit briller dans l'ombre deux agates vert clair. Toujours ce chat tigré, posé sur le mur à attendre on ne sait quoi, énigmatique et indifférent aux malheurs des hommes.

XI

L'hiver avait été rude et le petit groupe de maquisards commandé par les frères Rubin avait dû faire preuve de courage pour tenir. Ils s'étaient installés dans un vieil hôtel à l'abandon, situé sur un piton rocheux en retrait de la route et enfoui dans la végétation. On y arrivait par un chemin forestier et de la terrasse, une vue imprenable sur la vallée et le lac permettait de contrôler le col, seulement accessible par une route dont les lacets se perdaient entre les rochers. Ils étaient donc une quinzaine à vivre là après avoir abandonné leur famille et leur travail. Des gars du coin, pour la plupart, animés par un désir farouche de liberté et poussés par l'inconscience de leur jeunesse. L'hôtel avait été aménagé sommairement et les Rubin avaient instauré une discipline sévère afin de ne pas se laisser surprendre par l'ennemi. Certes, les passages répétés des avions de reconnaissance les avaient inquiétés mais ils savaient se rendre invisibles en un clin d'œil. Pour l'instant, on en était à de modestes coups de main, des sabotages artisanaux sur les voies ferrées, mais on se tenait prêt pour les opérations importantes qui ne tarderaient pas à voir le jour dès que le Conseil National de la Résistance donnerait le feu vert. Toutefois, les Rubin pestaient contre le manque de moyens qui les empêchait de mener des actions de plus grande envergure, et c'est pourquoi, lorsque cette histoire d'or leur était venue aux oreilles, ils y avaient trouvé un formidable espoir de changer le cours de la lutte. Bien sûr, Armand n'était pas d'accord avec son frère pour offrir un dédommagement à Simon, mais l'intérêt général devait primer et ils allaient tout faire pour remonter la cargaison ; enfin, une fois que les Allemands s'éloigneraient un peu car pour l'heure ils étaient bien présents, trop, au goût des deux frères.

En cette douce soirée de mai, des souffles de chaleur montaient à l'assaut des falaises calcaires, vite repoussés par le vent léger effleurant le plateau, et les hommes profitaient des derniers faisceaux du soleil qui venaient mourir au ras des sommets comme des caresses. À leurs pieds, le lac, étalé entre les deux chaînes montagneuses, avait déjà pris sa teinte sombre et moirée, faisant peu à peu son deuil du jour. Quelques lumières qui brasillaient sur les rives ; rien pour troubler le silence. Pour un peu, pensionnaires imprévus du vieil hôtel, ils auraient pu se croire en villégiature. Puis les falaises étaient devenues violettes tandis que la fraîcheur commençait à envelopper la montagne, et les jeunes maquisards n'avaient pas eu besoin d'ordres pour regagner leurs postes. Pour eux aussi c'était dimanche et durant ces moments de répit ils pouvaient penser à ce qu'ils avaient laissé dans la vallée, avec parfois un peu de vague à l'âme.

Malgré tout, ils étaient détendus et la soirée s'annonçait calme. Une fois les tours de garde établis, chacun rejoignit sa position. Lucien Miguet le plus jeune des maquisards, qui venait juste d'avoir dix-huit ans, se mit en place sur le mur de pierre, au dernier virage du col, là d'où l'on domine les derniers lacets de la route ainsi que le bref tunnel creusé à même le rocher. Il alluma un bout de mégot qui traînait au fond de sa poche et s'assit du côté du vide, peu important à cet endroit, le fusil posé sur ses genoux. Comme tous les garçons de son âge, il était insouciant et avait parfois du mal à se plier à la discipline. Avant tout, ce qui comptait pour lui c'était la bagarre, le combat. C'est pourquoi il n'aimait pas trop ces gardes de nuit où il avait l'impression de perdre son temps.

D'ailleurs on n'avait jamais vu de véhicule à ces heures-là ! Une ou deux fois il s'était même endormi, mais heureusement personne ne s'en était aperçu. En tirant sur son mégot il pensa à sa mère qui ne devait plus vivre depuis son départ, et à son père avec qui il s'était engueulé à propos du maquis. C'était tellement plus facile de vendre des produits au marché noir en laissant les autres se faire tuer... Il avait du mal à lui pardonner. Un matin, Lucien avait donc quitté la maison et rejoint les résistants du plateau. Malgré le danger, cette escapade ressemblait presque à une virée entre copains, avec de bons moments de rigolade. Bien sûr, les Rubin n'étaient pas d'un caractère facile mais il fallait bien des chefs, surtout avec de jeunes chiens fous comme Lucien Miguet.

Une heure passa. La relève ne viendrait pas avant deux heures et l'ennui le gagna. Il se mit à bâiller et à somnoler quand il crut entendre un ronflement sourd. Aux aguets, il arma aussitôt son fusil et scruta la route. Aucune lumière n'y apparaissait. Au bout de quelques instants, le doute ne fut plus permis : le bruit était bien celui d'un moteur qui se rapprochait. Il fallait d'urgence alerter les autres et il n'eut d'autre choix que de tirer un coup en l'air. Deux lacets plus bas, au détour de la falaise, déboucha soudainement la masse sombre d'un camion qui gravissait la pente avec peine.

Lucien Miguet eut encore le temps d'apercevoir une automitrailleuse et un autre camion avant qu'une courte rafale ne vienne le soulever du mur, laissant sur son visage une expression de stupeur. Déchiqueté par les balles, son corps fut projeté en arrière et, comme un mannequin rouge, disloqué, il vint s'affaler sur la route.

Les maquisards n'avaient pas mis longtemps à réagir et ils avaient tout de suite fait mouvement vers Lucien. S'en était suivi un échange de tirs sporadiques avec les Allemands postés en contrebas, mais l'automitrailleuse, ayant réussi à atteindre le tunnel, avait lâché plusieurs rafales meurtrières. Les jeunes, confrontés pour la première fois à un vrai combat, tentaient de riposter au milieu des éclairs bleutés et du fracas amplifié par les falaises. Réplique dérisoire face à la puissance de feu des Allemands. Tout en tirant, les Rubin hurlaient, exhortaient, ordonnaient, mais au final, devant la progression inexorable de l'ennemi, ils avaient dû se résoudre à faire retraite. Une fois au col les comptes furent vite faits : ils n'étaient plus que quatre ! Malheureusement, Armand Rubin manquait lui aussi à l'appel, mais Camille s'efforça de garder son sang-froid afin de sauver ses hommes. Les rescapés s'engagèrent sur un sentier qui depuis le col redescendait vers l'est, et ils plongèrent dans la forêt dont la végétation déjà dense les déroba à l'ennemi. Derrière eux, ils entendirent encore quelques tirs : les Allemands devaient finir le travail en achevant les blessés ou en récupérant des prisonniers. À mesure que les quatre hommes s'éloignaient, Camille Rubin fut assailli par une multitude de questions. Comment avaient-ils pu être vaincus si vite ? Qui les avait donnés ? (Parce qu'il en était sûr, quelqu'un les avait vendus.) Qu'était devenu son frère ? Aurait-il un jour les réponses… Il n'en savait rien mais la seule chose qui comptait maintenant c'était de recommencer ailleurs, reconstituer un groupe et passer à l'action, avec ou sans directives des grands chefs.

En souvenir de tous ces gosses qui venaient de payer le prix fort pour la liberté, il allait se battre inlassablement et devenir impitoyable afin de reprendre à l'ennemi ce lac et ces montagnes qui leur appartenaient.

**

Vers cinq heures du matin, Simon partit chez Guerrini, espérant obtenir quelques informations. Il faisait encore nuit et cette fois, au mépris de toute prudence, il ignora le chemin de la forêt. Arrivé sur place, il frappa à la porte mais personne ne répondit :

– Elio ! C'est Simon !
– C'est bon ! répliqua une voix dans son dos qui le fit sursauter.

Elio surgit de la cabane où il entreposait le bois, un pistolet-mitrailleur dans les mains. Là encore, ce n'était plus le même Elio, soumis, effacé. On avait affaire à un guerrier implacable dont le regard autant que l'arme incitait au respect.
– Entre donc !

Devant le visage grave de Guerrini, Simon restait muet, puis il se risqua tout de même :
– Qu'est-ce qui s'est passé hier soir ?
– Il y a eu un accrochage sévère au col. Les Allemands sont montés et ils ont surpris le groupe des Rubin.
– Mais comment ils ont pu savoir qu'ils se cachaient là-haut ?
– On n'en sait rien. Une dénonciation ou peut-être les avions… à force de tourner au-dessus du lac.
– Des pertes ?
– Ben, le groupe est décimé. Sur les quinze, il n'en reste que quatre !
– Tu sais où ils sont maintenant ?
– Oui. Camille a réussi à sauver une radio et, dès qu'ils ont été hors d'atteinte, il a envoyé

un message à un de nos gars qui habite en bas du col. Il est venu m'avertir vers minuit.

– Alors il faut les rejoindre tout de suite !

– Du calme ! Simon.

– Mais on doit sauver les nôtres ! !

Simon avait dit « les nôtres », ce qui fit tout de même plaisir à Guerrini.

– Rassure-toi, ils sont en sécurité. Ils se trouvent dans une ferme isolée à vingt bornes du col et un de nos gars les ravitaille.

– Dis ! Elio ! On va quand même pas rester les bras croisés ?

– T'inquiète, je t'ai déjà trouvé du boulot !

– Alors, qu'est-ce que je dois faire ?

– Voilà. On a eu une livraison d'armes et de munitions qui est planquée chez les Aignoz depuis quelques jours. Oh ! pas grand-chose, cinq ou six P.M. et des cartouches. Il faudrait que tu les récupères de nuit avec ta barque et que tu les passes sur l'autre rive pour des copains qui se cachent au Mont Clergeon. Comme tu es toujours sur le lac avant les autres, personne ne s'étonnera, pas même les Allemands. Maintenant, si tu ne t'en sens pas capable ou si tu veux qu'on te donne un gars avec toi, dis-le tout de suite…

– Ne dis pas de conneries, Elio ! À quel endroit il faut apporter les armes ?

– Une fois que tu auras dépassé la pointe de Châtillon, tu iras tout droit vers la montagne et tu entreras à l'intérieur du petit étang qui se trouve de l'autre côté de la voie ferrée. Les gars t'attendront au-dessous du Pont Noir pour récupérer la marchandise. Au retour, tu te mettras à pêcher comme si de rien n'était.
– C'est bon, j'ai compris.
– Moins on en dit, mieux ça vaut, mais ces armes c'est pour Camille ; il veut remonter un groupe. C'est quand même un sacré bonhomme ! Son frère a disparu cette nuit et il pense déjà à reprendre le combat.
– Tu sais, quand on était gosse, c'était toujours lui le chef et il fallait le suivre partout, même si on avait la trouille !
– En tout cas, il va falloir qu'on réussisse. Marre de ces *boches* !
– Au fait, ils sont restés au col ?
– Tu parles ! Ils n'ont pas moisi là-haut, d'autant qu'ils ont laissé deux ou trois soldats au tapis.
– Bon. Dès que ce sera possible, je veux rejoindre Camille, tu lui feras savoir…
– Écoute, Simon. Pour l'instant, tu peux nous être utile ici. Et puis tu as ta fiancée, tu dois y penser aussi. Tiens ! moi si j'avais la chance d'être avec une beauté pareille !

– Tu crois que je ne pense pas à elle ? Mais si je veux me battre c'est justement pour qu'on en finisse de se cacher et qu'on puisse enfin vivre normalement !

– Sois patient, Simon. Tout arrivera et peut-être plus tôt que tu ne le penses ! Maintenant sauve-toi ! Ce n'est pas la peine de se faire repérer. Je préviens les frères Aignoz pour demain. On compte sur toi.

« On compte sur toi. » C'étaient les ultimes paroles de Guerrini ! En redescendant vers le village, Simon éprouva un vrai sentiment de fierté. On lui confiait une mission dangereuse, donc on le considérait. Jusque-là, il n'avait jamais eu l'impression d'avoir de l'importance pour quelqu'un. Aujourd'hui, Édith, les résistants, tous comptaient sur lui. Pour eux il réussirait. Toutefois, la satisfaction laissa vite place à la mélancolie lorsqu'au détour du chemin la montagne d'en face offrit à son regard ses falaises escarpées et hautaines. Il pensa aussitôt à ceux qui étaient restés là-haut sans avoir vu le bout de la nuit, emportés au milieu de leur jeunesse par un sort injuste, dans un combat inégal. Il se sentit fort et impuissant à la fois. D'une part, la soif de vengeance le transcendait en le préparant à toutes les audaces, d'autre part, il s'estimait démuni face à un adversaire plus nombreux et mieux armé. Combien dans le village étaient réellement prêts à soutenir la Résistance ? L'épisode tragique de la nuit n'allait-il pas refréner durablement l'enthousiasme ? Il comprenait bien que tout allait encore se compliquer mais il se devait de rester confiant et reprendre le flambeau.

Dans la journée qui allait suivre, son esprit serait entièrement occupé à préparer sa mission. De temps à autre, Édith s'immiscerait dans ses pensées, mais tellement tendu par le danger encouru, il réussirait à l'écarter de son horizon. Sans en avoir conscience, Simon se métamorphosait peu à peu. Fini le gentil pêcheur, place au résistant déterminé et farouche. Avant de partir, Guerrini lui avait donné un pistolet et Simon ressentit le besoin de mettre la main à sa poche. Il serra vigoureusement la crosse et le contact des stries de l'acier froid lui redonna du courage.

**

Dès que les tirs eurent cessé, les Allemands poursuivirent leur progression en direction du col. À la lueur des phares, ils découvrirent un à un les cadavres des résistants allongés le long de la route. Ils vérifièrent que les maquisards étaient bien morts, mais en arrivant à hauteur d'Armand Rubin, ils s'aperçurent qu'il vivait toujours. C'était donc lui le dernier tireur, celui qui leur avait donné tant de fil à retordre. Caché dans une anfractuosité de rocher, il avait couvert la fuite des autres. Il avait tenu autant que possible mais une balle qui avait ricoché sur la pierre était venue lui fracasser la main. Déjà blessé à la jambe gauche, il avait donc lâché son arme, anéanti par la douleur. Le soldat allemand qui le découvrit en premier lui offrit le visage livide de la mort et Armand avait intérieurement adressé deux mots de prière à Notre-Dame de la Salette dont la minuscule chapelle dominait la vallée sur l'autre versant du col. Puis il avait fermé les yeux en attente de la rafale qui allait lui déchirer le corps… mais rien ne s'était passé. Il venait miraculeusement d'échapper à l'exécution !

On l'avait alors soulevé sans ménagement, hissé dans l'un des camions et allongé à côté des cadavres de trois soldats. Par les fentes de la bâche il avait encore pu observer que les Allemands mettaient le feu à l'hôtel après qu'ils aient récupéré quelques documents. De toute façon, ils ne trouveraient rien d'important. Ensuite, le convoi était redescendu et Armand avait maudit chaque ornière et chaque virage qui lui occasionnaient des souffrances insupportables. À plusieurs reprises il avait d'ailleurs perdu connaissance. Une fois en bas du col, les palabres en allemand avaient succédé aux arrêts impromptus et on l'avait chargé dans une ambulance militaire. Les souffrances augmentaient et la route sinueuse qui suivait avec exactitude la rive du lac n'arrangeait rien, les passages à niveau non plus. Le trajet lui parut interminable mais à un moment il reconnut l'entrée d'Aix avec ses grandes avenues bordées de platanes. Après quelques haltes et redémarrages, l'ambulance parvint enfin à destination : on le transporta à l'intérieur de la clinique privée que les Allemands occupaient, tout en ayant conservé le personnel médical français. On l'installa dans la salle d'opération et au bout de quelques minutes un chirurgien aux cheveux blancs et une infirmière firent leur entrée. Une première piqûre le soulagea puis une deuxième l'endormit, l'entraînant dans un univers de feu, de cris et de sang.

Quand il se réveilla, ses douleurs étaient diffuses et tout son corps semblait courbaturé. Penché à son chevet, le chirurgien lui murmura à l'oreille :

– Tu as été drôlement amoché, petit, mais tu t'en sors bien. J'ai paré au plus pressé, seulement il va falloir te réopérer. En tout cas je vais tout faire pour te garder le plus long…

Il n'eut pas le loisir de poursuivre que déjà trois hommes de la *Gestapo* faisaient irruption, suivis de deux brancardiers.

– *Herr Doktor* ! nous devons emmener le terroriste !
– Mais c'est impossible ! Il est intransportable et en outre je dois le réopérer demain…
– Vous aurez tout le temps de l'opérer… s'il est encore vivant. Nous avons des ordres !

Le malheureux médecin avait bien tenté de s'interposer mais les policiers allemands l'avaient violemment repoussé contre la porte de la chambre. Pour Armand cela ressemblait à la fin du voyage. On l'avait remis dans l'ambulance qui avait gagné les hauteurs de la ville. Là, dans un quartier bourgeois, la *Gestapo* avait réquisitionné une demeure de début du siècle pour en faire son quartier général. Les vastes caves servaient à l'occasion de salles de torture d'où nul cri ne parvenait à s'échapper. Armand, lui, avait été amené dans une salle du rez-de-chaussée et deux inspecteurs entreprirent de l'interroger sans égard pour ses blessures. Il serra les dents et s'apprêta à affronter le pire. Il fit semblant de s'évanouir à plusieurs reprises mais les autres étaient patients, très patients. On essaya de lui soutirer des noms, des lieux, et comme il n'était pas assez bavard, quelques coups de baguette sur ses pansements vinrent atrocement réveiller ses souffrances. Il se résolut alors à gagner du temps en livrant des noms imaginaires sachant bien que les Allemands vérifieraient et le puniraient pour ses mensonges. Mais d'ici là... De toute manière, leur petit groupe de maquisards ignorait tout des grandes décisions prises à Londres ou ailleurs. Eux, perchés au-dessus de leur lac, ils attendaient l'assaut final tout en cherchant à affaiblir l'ennemi par des actions ponctuelles.

Vers la fin de la nuit, les calmants ne firent plus effet et Armand se sentit de plus en plus faible. C'est le moment que choisit pour intervenir un troisième policier. Visage anguleux, regard cruel, il avait dû comprendre que le prisonnier était à sa merci, ce qui ne l'empêcha pas de hurler, réclamant de véritables informations. Ce fut alors dans la pièce une espèce d'hystérie collective, et Armand reçut à nouveau des coups sur son corps meurtri. Ses plaintes d'animal blessé et ses cris d'agonie répondirent aux vociférations des policiers, mais il ne perdit cependant pas toute sa lucidité et donna encore de faux noms. La seule chose vraie qu'on réussit à lui extorquer ce fut le nom de son village. Les Allemands parurent alors satisfaits : ils avaient eu raison de s'y installer et désormais ils allaient avoir tous les habitants à l'œil. D'autres résistants devaient s'y cacher et pourquoi pas, savoir où se trouvait leur avion.

L'interrogatoire se poursuivit encore un peu, sans conviction. Soudain, quand on commença à le laisser en paix, Armand sut que son corps ne voulait plus s'obstiner à vivre. Tous ses muscles se relâchèrent, il ne souffrit plus, et à la sublime pensée que son frère sautait de rocher en rocher, dévalant les alpages pour échapper à l'ennemi, il fut apaisé et arbora un léger sourire, ce qui eut le don d'énerver un peu plus ses tortionnaires.

Mais maintenant ils pouvaient bien faire tout ce qu'ils voulaient, en ce matin de mai qui jaillissait, Armand était déjà en train de survoler les crêtes majestueuses des montagnes de son enfance, glissant au-dessus des vallons verdoyants comme un aigle fantôme, porté par un vent de liberté, désinvolte mais intense.

XII

Les nouvelles circulent vite autour du lac et les Allemands basés au village ont été très rapidement informés de l'arrestation d'Armand Rubin. Charge à eux de mettre la pression sur les habitants pour récolter des renseignements sur la Résistance et peut-être retrouver l'emplacement de l'avion. En cas d'échec, la *Gestapo* est prête à faire le court trajet depuis Aix pour rendre les gens plus loquaces.

Au « château » c'est alors l'effervescence. L'*Oberleutnant* Kruse décide de réunir ses trois subalternes au beau milieu de la nuit pour les tenir au courant, et dès l'aube tous les hommes sont rassemblés dans la cour de la propriété. Les consignes sont claires: interroger sans relâche, pas d'états d'âme, et autorisation de tirer sur quiconque tente de se soustraire à un contrôle ! Personne n'ose protester mais on sent bien que le cœur n'y est pas. Les jeunes recrues savent maintenant que trois de leurs camarades ont perdu la vie, juste de l'autre côté du lac sur la montagne d'en face, et certains s'interrogent sur le sens de cette guerre qui n'en finit pas. En outre, les habitants du village ce sont des gosses, des femmes, des vieux, et l'obligation d'être brutal envers une population faible et désarmée commence à leur peser. Mais dans l'armée allemande les atermoiements peuvent coûter cher, alors on obéit…

Toute la journée, par petits groupes, les soldats font le tour du village, interrogent sans ménagement les habitants, perquisitionnent dans les granges et inspectent scrupuleusement tous les recoins des habitations. Quant aux pêcheurs, ils sont attendus sur les plages et leurs bateaux sont fouillés avec minutie. À cause des évènements de la nuit, les Allemands ont les nerfs à fleur de peau et tentent de masquer leur peur par une agressivité croissante. Ils commencent à paniquer et pensent que chaque porte, chaque tas de foin peut cacher un piège et les mettre à la merci de résistants prêts à ouvrir le feu. Et puis ils sentent aussi monter la haine sourde et pernicieuse qui gagne peu à peu l'ensemble d'une population fatiguée de toutes ces exactions. Une ambiance délétère finit par s'installer dans le village menacé et à tout moment pourrait survenir une explosion de violence.

Bien entendu, l'*Oberleutnant* Kruse s'est rendu en premier lieu chez Marie Rubin. Accompagné d'un sous-officier et de quatre hommes, il a commencé à interroger la pauvre femme qui, ignorant tout des activités de la Résistance, n'a qu'un regard bleu profond et désarmé à lui opposer. Veuve, maintenant privée de ses deux fils, elle n'attend plus rien de la vie, et sa résignation dissipe toutes les craintes qu'elle pourrait éprouver face à ces étrangers qui lui parlent sur un ton comminatoire. Kruse s'énerve, il ordonne de fouiller la maison où tout est mis sens dessus dessous en un clin d'œil, mais les recherches s'avèrent infructueuses. La grange et la cave ne donnent pas de meilleurs résultats et les Allemands, ayant du mal à cacher leur frustration, doivent se résoudre à repartir vers un autre objectif. Face à cet intérieur dévasté, Marie Rubin pousse un long soupir et, malgré une extrême lassitude, elle entreprend de tout remettre en ordre. Elle n'éprouve même pas de haine : c'est un luxe qu'elle ne peut s'offrir. Toutefois, cette brutale incursion l'amène à s'inquiéter pour Armand et Camille. De temps à autre, ils apparaissent le soir, par surprise, sans en dire plus ; Marie leur fait à manger, enfin ce qu'elle a sous la main, puis elle les voit s'éclipser vers minuit. Bien sûr, elle tremble pour eux, mais ils ont l'air en bonne santé et tellement épanouis qu'elle s'abstient de toute recommandation. Aujourd'hui, par contre, une angoisse diffuse commence à l'oppresser. Où peuvent bien être ses deux fils, en ce moment ? Ont-ils été arrêtés ? Si les Allemands ont fouillé la maison c'est qu'ils ont de bonnes raisons... Comme tout le monde elle a vaguement entendu parler de l'escarmouche qui a eu lieu au col et elle voudrait seulement savoir si ses fils y ont pris part. Pourvu qu'il ne leur soit rien arrivé !

Les frères Aignoz, eux non plus, n'ont pas échappé à l'inquisition, et c'est en revenant de la pêche qu'ils ont aperçu des uniformes autour de la grande bâtisse qu'ils occupent avec parents, femmes et enfants. Toute la famille vit ici dans ce grand corps de ferme qui s'allonge jusqu'au bord de la plage et dont le mur à l'est se trouve au ras de la grève, s'offrant ainsi aux assauts du lac lors des grandes crues. Chez les Aignoz, la loi du silence prévaut, et de toute manière les armes sont dans une cache secrète qu'ils ont aménagée sous la serre du jardin. De la terre et quelques jardinières masquent habilement le couvercle de la planque, alors les Allemands peuvent bien tout renverser dans l'habitation et les dépendances, ils feront chou blanc. C'est Hippolyte qui en a eu l'idée, et depuis le bateau il les regarde courir dans tous les sens, laissant poindre sous son épaisse moustache un sourire jubilatoire. Lorsque les trois frères débarquent sur la plage, ils sont aussitôt entourés par les soldats mais, imperturbables, ils déchargent le matériel et les poissons, faisant mine de ne pas comprendre les injonctions des autres. Puis ils se dirigent vers la grange où ils entreposent les filets et ouvrent complaisamment les portes des réduits ou des placards pour montrer qu'ils n'ont rien à se reprocher. Dépités, les Allemands finissent par rebrousser chemin. Jusqu'à maintenant ils n'ont pas déniché d'armes dans le village, à part un ou deux vieux fusils de chasse, et un beau matin ils s'attendent à voir débarquer la *Gestapo* qui les considère comme des incapables. Ça ne plaît pas du tout à Kruse et il se dit qu'il va falloir intensifier les recherches, patrouiller la nuit et peut-être devenir plus draconien. Si l'un des terroristes est originaire d'ici, il doit bien avoir des relais, des gens qui l'aident. Ah ! si seulement la mère Rubin pouvait parler ! Mais elle est toujours là, avec son air de veuve éplorée, muette, tellement apathique que rien ne semble pouvoir l'atteindre.

Le reste de la journée n'apporte rien de plus tangible et les patrouilles regagnent le « château » les unes après les autres. Les hommes sont harassés d'autant qu'aujourd'hui il a fait très chaud. Ils ont fureté partout, sans résultats. Certes, ils n'ont pas toujours fait preuve d'opiniâtreté ni de zèle, mais ils ont le sentiment d'avoir accompli leur tâche, une tâche rendue ingrate par un environnement de plus en plus hostile qui les oblige à être à chaque instant sur le qui-vive. C'est pourquoi, lorsque l'*Oberleutnant* les réunit vers vingt heures pour les informer qu'il va sur-le-champ doubler les patrouilles de nuit, un murmure de lassitude parcourt la troupe ; mais quelques ordres aboyés viennent décourager toute velléité, et les hommes désignés pour la première ronde s'apprêtent déjà à repartir après une brève halte. L'animosité des soldats envers leurs chefs est palpable et, par moments Kruse se prend à souhaiter l'arrivée de la *Gestapo*. Personne n'y gagnera : des gens seront arrêtés, torturés ; quant à lui, on le blâmera pour son inefficacité, mais au moins, il sera libéré de ce sale boulot.

* *

Simon a pêché toute la matinée, cependant il rentre assez tôt, préoccupé par la mission qu'on lui a confiée. Le calme du lac ne parvient pas à l'apaiser malgré les touffes de fleurs blanches qui émergent des forêts reverdies ou les multiples senteurs envahissant les moindres bosquets du rivage. L'eau et les marais ne lui parlent pas comme à l'accoutumée. Il les ignore presque, tellement il est tendu par la proximité du danger et par le poids de la responsabilité qui lui incombe. Il réussit à éviter les Allemands dans le village et heureusement, lorsqu'il a accosté la plage était déserte. Pourtant ils sont passés chez lui, et sa mère en est encore toute retournée. Ils ont fouillé la pièce principale et la grange puis sont repartis très vite. Cela n'inquiète pas Simon car il n'a plus le livre de bord de l'avion. En outre, le pistolet donné par Guerrini ne le quitte pas ; cette arme le rassure et il sait qu'il n'hésiterait pas à tirer en cas de nécessité…

L'après-midi, Simon reprend le bateau. Il a décidé de voir Édith et le meilleur moyen de ne pas rencontrer de patrouilles allemandes c'est encore d'emprunter le canal. D'autre part, avant la nuit, il faut se mettre d'accord avec les frères Aignoz pour le transbordement des armes. Justement, à l'instant où il va bifurquer vers l'embouchure, il aperçoit leur grande barque qui revient en direction du village. Il ralentit pour les attendre, mais les deux bateaux se croisent à distance respectable pour ne pas attirer l'attention des Allemands qui s'agitent sur le rivage. En passant, Fernand Aignoz lui lance d'une voix discrète :

– Demain matin, quatre heures !

Simon répond par un signe de tête et poursuit sa route en remontant le canal. Finalement, tout cela commence à lui plaire et il se dit qu'avec la complicité de Guerrini, des Aignoz et d'autres encore, on va pouvoir agir efficacement en sapant le moral de l'ennemi. Et puis il a foi en ce débarquement dont tout le monde parle. Enfin un espoir que cette sale guerre se termine !

Il passe sous le pont ; la route est déserte. Il accoste maintenant le petit quai en ciment qui longe le jardin : Édith l'a vu et se précipite pour l'accueillir, l'entraînant derrière la maison où ils s'installent autour de la table en fer avec les Bosson. Ces derniers ont le visage grave. Ils sont au courant des évènements de la nuit et ils ont appris qu'Armand Rubin a été embarqué. Malheureusement, s'il parle, le réseau entier risque de tomber et pour l'heure, bien que les Allemands ne soient pas venus jusqu'au hameau, ils peuvent à coup sûr étendre leurs recherches s'ils reçoivent des renforts. C'est pourquoi, Roger a déjà pris ses précautions, quant à Denise, elle a surtout peur pour Édith qu'elle arrive à considérer comme sa fille. Simon essaie de les rassurer mais il ne veut pas trop en dire. Après avoir bu un coup de blanc un peu acide, il prend congé des Bosson et propose à Édith de venir avec lui sur le bateau jusqu'à la maison du marais. Ensuite, elle pourra repartir par le sentier qui longe le canal.

Simon rame sans à-coups et la barque glisse sur l'eau tranquille. Face à lui, Édith le regarde, illuminée par son sourire de madone bienveillante, un sourire que l'inquiétude a de la peine à voiler. Elle, qui n'a plus rien, ni biens, ni famille, le couve des yeux comme un trésor qu'elle ne voudrait pas perdre. Simon amarre le bateau au tronc du saule et ils se dirigent vers la grange en pierres. Contrairement à leur habitude ils n'y entrent pas et s'assoient sur un tronc d'arbre mort. Ils s'embrassent ardemment puis très vite Simon paraît soucieux.

– Édith, mon amour, demain matin je dois accomplir une mission pour la Résistance. Ce ne sera pas la dernière mais je voulais que tu le saches.
– Simon, depuis quelques jours je ne vis plus ! Je sais bien que c'est important... que l'on ne peut pas rester les bras croisés mais j'ai tellement peur pour toi !
– Rassure-toi ! Il n'y a pas trop de risques. Je pars en bateau pour livrer des armes de l'autre côté du lac et au retour je redeviens un modeste pêcheur avec quelques lavarets dans sa barque. Tu vois c'est tout simple !
– Promets-moi quand même d'être prudent !

– Oui, oui. C'est promis. Tiens ! regarde ! Maintenant, j'ai même un pistolet pour me défendre !

La vue de l'arme ne rassure pas Édith, bien au contraire ! Pour elle, cette arme c'est la matérialisation immédiate de la violence dans laquelle Simon risque d'être entraîné.

– J'aimerais mieux que tu n'aies pas à t'en servir…
– Ne t'inquiète pas ! C'est uniquement en dernier recours.
– À quelle heure pars-tu ?
– Les Aignoz m'ont dit à quatre heures. Une heure après c'est terminé.
– Alors, dès que tu peux, donne-moi des nouvelles parce que je vais être morte de trouille !
– C'est d'accord mais maintenant parlons d'autre chose, par exemple de mes projets immédiats. Tiens ! j'en ai un qui me tient à cœur : te faire l'amour sans attendre !

Édith trouve le courage de rire et c'est elle qui conduit Simon à l'intérieur de la grange. Ils se grisent en faisant l'amour mais le souvenir des trois soldats allemands les empêche de se libérer complètement. D'ailleurs, une fois le désir assouvi, ils se rhabillent aussitôt et sortent pour se rasseoir sur le tronc d'arbre, tant ils sont sur leurs gardes. À cet instant ils sont submergés par une vague d'amour et un immense besoin de se serrer l'un contre l'autre, presque à s'en faire mal. Des « je t'aime » qui pourraient paraître banals mais tellement sincères qu'aucun mot ne saurait les remplacer. Des promesses disséminées au gré de la brise de mai, avec l'espoir secret que quelqu'un, tout là-haut dans l'azur, puisse les recueillir afin qu'elles prennent vie. Deux êtres fragiles perdus dans la paix sauvage du marais et dans l'incertitude de la guerre, deux êtres dont les destinées cherchent à s'unir durablement malgré le doute et la menace.

À regret ils doivent se quitter, mais au dernier moment, Simon propose à Édith de la raccompagner en bateau, ce qui la rend heureuse, tout simplement. Ils progressent sans heurts sur l'émeraude lisse du canal et l'embarcation laisse derrière elle un clapotis à peine perceptible. De chaque côté du cours d'eau c'est un foisonnement de cris d'oiseaux, de bruissements d'ailes, et de grenouilles qui plongent, au milieu des roseaux que la brise agite en les frottant les uns contre les autres dans un bruit de paille froissée. Si l'on était ailleurs, à une autre époque, loin des turpitudes de la guerre, ce moment mériterait peut-être le nom de bonheur. Peu à peu, Édith s'est laissé emporter par l'indolence de la barque, et durant quelques secondes elle a fermé les yeux pour oublier les affres de ce monde perverti, envahie par les seules vibrations de la nature. Rassérénée, elle revient à Simon, lui vouant un regard où l'amour se lit comme une offrande suprême, et les mots en deviennent superflus. Simon a tout compris et une onde de béatitude fait légèrement frissonner son corps.

La courbe, le pont, puis le quai synonyme d'épilogue. Temps insaisissable, félicité furtive, mélancolie du manque. Des mains qui n'en finissent plus de se lâcher, de se reprendre ; des regards dont les couleurs se mêlent une dernière fois avec délicatesse ; deux corps qui s'appellent, s'épousent et deux âmes qui entrent en fusion malgré la séparation fatidique.

Simon s'éloigne sans hâte et ne quitte pas Édith des yeux, comme s'il voulait perpétuer la magie de ces instants. Elle, reste sur le quai, et le reflet rouge de sa silhouette, ridé au début par le sillage de la barque, reprend sa forme originelle. Elle envoie un dernier baiser à Simon et une fois qu'il a disparu au-delà du pont, elle attend que l'eau redevienne étale pour rentrer.

Sur la terrasse ombrée par un imposant tilleul, les Bosson profitent avec Emma et Rose de la fraîcheur qui gagne peu à peu le hameau, et lorsqu'Édith les rejoint, tous la regardent avec commisération. Ils savent bien qu'elle aspire à une autre vie et que s'éprendre d'un homme devenu résistant aggrave encore la précarité de sa situation. Mais eux, sont-ils mieux lotis pour autant ? Les coups de main qu'ils donnent aux gars du maquis en font des cibles potentielles et les Allemands auraient tôt fait de les arrêter s'ils venaient à en être informés. Que feraient alors Emma et Rose ? Elles se retrouveraient comme Édith.

Après un silence, Roger se décide à leur parler d'un ton solennel qui ne lui ressemble guère :

– Mes enfants, à partir de maintenant il va falloir se serrer les coudes et faire preuve de prudence. Depuis les évènements de la nuit dernière les *boches* ont peut-être découvert des choses sur le réseau que nous aidons. Il faut donc éviter de trop se montrer au village. Quant à toi, Édith, arrange-toi pour que les Allemands ne te voient pas avec Simon. S'il est pris, on est foutus ! De toute manière, s'ils viennent là, ils ne trouveront plus rien !

Les quatre femmes acquiescent respectueusement, conscientes du danger encouru. Toutefois, Édith ne parle pas de l'incident survenu dans le marais avec les trois soldats allemands. Ils l'ont vue presque nue et ils ne sont pas près de l'oublier ! S'ils arrêtent Simon, ils le reconnaîtront aussi et le lien entre eux sera vite établi ! Malgré tout, elle se refuse à révéler cet incident aux Bosson. Elle ne veut pas les inquiéter inutilement, et puis ce soir, ses sentiments atteignent de tels sommets qu'elle n'a pas envie de gâcher ces moments bénis. Par ailleurs, l'adversité fortifie encore les liens qui l'unissent à ces étrangers et, pour la première fois depuis très longtemps, elle a enfin l'impression d'appartenir à une vraie famille. Pour elle, ça n'a pas de prix…

XIII

Il est trois heures. Simon n'a presque pas dormi. Quand il se lève, il prend soin de ne pas réveiller la mère. La pêche lui fournissant un bon alibi, elle ignore tout de ses activités et c'est mieux ainsi. Il s'assoit à la table de la cuisine et tout en buvant son ersatz de café il a soudain l'impression d'avoir vieilli en l'espace de trois jours. Conscient de ses nouvelles responsabilités, il donne de plus en plus de sens à son engagement. Venger les copains, faire souffler un vent nouveau sur ce lac, affranchir la population de ces règles truquées et indignes, vivre sans crainte, autant de mobiles qui affermissent ses convictions. Pour sa première mission il est résolu et ne ressent aucune peur. Juste un peu nerveux à cause du manque de sommeil. Il est l'heure. Il enfile sa veste, y glisse son pistolet après avoir ôté le cran de sûreté, puis se jette dans la rue encore sombre. En passant devant chez les Fournet, il aperçoit le chat tigré sur le mur, statue flegmatique au regard insaisissable.

Comme à son habitude, le village dort encore et Simon éprouve une espèce de fierté à être déjà en action ; mais là, il ne s'agit plus de pêche et le risque est insidieux. Cependant, malgré la fraîcheur mordante du petit matin, une belle journée s'annonce, ce qui lui rendra la tâche plus aisée. Charger les armes, une petite heure de navigation, le retour tranquille, et puis l'après-midi, c'est décidé, ils iront se baigner avec Édith dans la petite crique, là où la première fois il l'a vue offrant son corps aux caresses de l'eau et du soleil. D'accord, mais maintenant il ne doit plus penser à elle ! Uniquement se concentrer sur la mission. Il se hâte. Il ne veut pas être en retard. Il sait que les frères Aignoz doivent être à pied d'œuvre ; ils ont dû sortir les caisses de la planque et les tiennent prêtes dans la grange qui jouxte la plage. Sûr qu'ils doivent admirer Simon et qu'ils aimeraient peut-être même prendre sa place ! Mais Guerrini l'a répété : on ne change pas les règles et Simon est le seul que personne ne s'étonnera de voir sur le lac à cette heure. En outre, le pourtour de la pointe rocheuse, c'est son domaine de prédilection pour la pêche. Dans la Résistance, chacun son rôle.

À présent, Simon arrive à hauteur de chez Buffaz et s'apprête à descendre vers la plage en longeant la colline rocheuse qui soutient la chapelle et le cimetière. De là, on embrasse du regard toute la partie nord du lac et mentalement, Simon trace déjà son itinéraire sur l'eau immobile. Il faudra ramer dur car les armes et les munitions pèsent plus que les paniers de poissons, mais ça ne l'inquiète pas ; depuis le début de la guerre il est entraîné. Il atteint maintenant le bout de la ruelle, à l'endroit où l'on rejoint la départementale qui mène au col du Chat. Il va prendre à droite, et dix mètres plus loin, à gauche pour plonger vers le lac. Mais à peine s'est-il engagé sur la route qu'il entend des bruits de pas résonner derrière lui. En regardant par-dessus son épaule, il a juste le temps de distinguer une patrouille allemande cent mètres plus haut. Ce sont aussitôt des « *Halt* ! ! » « *Kommen Sie hier* ! ! » « *Ausweis* ! » qui cinglent dans la nuit. S'il s'arrête, il sait qu'il est perdu ! Ils vont le fouiller, trouver le pistolet, l'embarquer et la mission sera foutue !

Alors, au lieu de descendre à gauche pour rejoindre son bateau, il file tout droit en direction des bassins de pisciculture. Il entend des cliquetis répétés et deux ou trois balles lui sifflent aux oreilles. Il court à perdre haleine. Les autres le poursuivent en hurlant mais ils vont moins vite que lui ; ils ne peuvent courir et tirer en même temps. Cela lui laisse donc un peu de répit. D'instinct, il s'engouffre entre deux maisons qui bordent la rue, traverse un jardin à toute allure, et saute la clôture d'un poulailler, suscitant la panique des volatiles. Il passe ensuite à travers un hangar à bois, s'accroche à des fascines qu'il repousse violemment du pied, et repart aussi vite. Un autre grillage à franchir. À nouveau un jardin avec des piquets de tomates qu'il écarte du bras. Un dernier verger de pommiers, puis il oblique sur la gauche et dévale le pré en direction du rivage : sans hésiter, il se jette dans une roselière et s'y enfouit comme une bête traquée.

Tout là-haut, les Allemands ont l'air d'avoir perdu sa trace. Ils suivent la route qui mène aux bassins et du même coup s'éloignent de Simon. Déconcertés, ils finissent par s'égailler dans les ruelles en vociférant et leur chef s'emploie à les rassembler, signifiant semble-t-il la fin de la poursuite. Simon se recroqueville encore, comme si les soldats étaient proches. Après cette course éperdue, la respiration lui brûle les poumons et son cœur ne parvient pas à se calmer, tandis que les muscles de ses jambes sont durs comme du bois. Fort heureusement, sa digue n'est pas loin et au milieu des touffes de roseaux, grâce à l'obscurité complice, il est à l'abri, le temps de réfléchir à ce qu'il doit faire.

❊❊

Ayant obtenu de Dom Pascal l'autorisation de ne pas assister aux *vigiles*, frère Vivien et frère Robert quittent l'abbaye d'Hautecombe vers quatre heures du matin. Ils prieront sur leur barque car ils ont projeté de se rendre à Challières, de l'autre côté du lac, afin d'y piocher les quelques arpents de vignes que possède l'abbaye. Les deux silhouettes sombres franchissent la porte du mur d'enceinte et empruntent le chemin qui descend à la grange batelière, puis disparaissent sous les arches de l'imposant bâtiment où sommeillent trois grandes barques. Pendant que frère Robert détache les amarres, frère Vivien s'emploie à ouvrir la grille en fer à deux battants qui condamne l'entrée du port intérieur. Les deux moines s'installent, chacun sur leur banc, et ayant fixé les avirons, ils sortent du port avec précaution puis, dès qu'ils ont dépassé la jetée protégeant des vents du nord, ils commencent à ramer en cadence.

Au bout de quelques minutes, l'abbaye se livre dans toute sa splendeur et telle une forteresse, elle érige son clocher, son phare et les arêtes de ses toits bleus en direction du ciel, entraînant dans cette verticalité altière deux cyprès d'Italie jaillis de la cour intérieure, ainsi que les peupliers jalonnant ses rives. Posée sur le rocher dans lequel elle a planté les murs qui la soutiennent, comme la proue d'un navire elle avance dans le lac et attend patiemment que le soleil y projette la magie de son reflet. Juste derrière elle, la montagne de couleur plus foncée se dresse avec ses pentes aussi abruptes que des murailles, interdisant tout accès depuis l'ouest. Ici, c'est presque le bout du monde, en tout cas un monde où règnent la pureté et la paix, à l'écart de la folie belliqueuse des hommes. Cependant, même s'ils vivent retirés en ce lieu, les moines ne restent pas sourds aux souffrances de leurs semblables. Avec ferveur, ils prient chaque jour pour que la guerre prenne fin et, dans les villages alentour, il se dit qu'ils auraient déjà caché des fugitifs à l'abbaye...

Frère Robert et frère Vivien qui sont deux solides gaillards aiment par-dessus tout ces journées de travail dans les vignes. Certes, la tâche est rude : piocher entre les treilles escarpées et, inlassablement, remonter la terre avec la caillasse qui renvoie la chaleur et vous dessèche la gorge. Mais pour eux c'est une sorte de récréation, le seul moment où ils quittent l'abbaye et peuvent la voir depuis le lac. Le vignoble c'est aussi leur fierté, et lorsque le prieur goûte la nouvelle cuvée et leur fait part de son entière satisfaction, ils oublient aussitôt les difficultés du labeur.

Tout à l'heure, en quittant leurs cellules, juste avant de gagner le réfectoire, il leur a semblé entendre comme des coups de feu en provenance du village, mais présentement tout est redevenu calme. Il s'agira sans doute de quelque braconnier qui a tiré un chevreuil. L'abbaye s'éloigne peu à peu et les deux moines continuent de ramer en silence. Ils ont commencé à se fondre dans la sérénité du lac et s'abandonnent à une prière silencieuse que le bruit des rames sur l'eau ne parvient pas à distraire. Dans la fraîcheur du jour qui va naître, sur un même esquif, deux hommes, que leur seule foi réussit à mettre à l'isolement, glissent avec discrétion sur les eaux d'un bleu acier. Deux hommes perdus dans la vastitude du lac, s'appliquant à chercher un chemin jusqu'aux étoiles.

* *

Édith a passé une nuit en pointillé. Elle a fait plusieurs cauchemars et, depuis deux heures du matin elle n'a pas fermé l'œil. Simon occupe toutes ses pensées, ce qui accentue d'heure en heure son angoisse. Soudain, elle entend du bruit dans la cour et son cœur se met à battre jusqu'à lui en faire mal. Simon ? Elle tend l'oreille. Plus rien. Ce doit être le chien des voisins qui a dû renverser un seau dans la cour. Elle est tout en sueur. Elle a la nausée. Les nausées, ça fait déjà quelques jours, mais elle ne veut pas s'écouter alors que Simon, lui, risque sa vie. Le réveille-matin l'agace avec son claquement métallique et elle guette la lueur des aiguilles qui avancent trop lentement à son gré. Elle voudrait déjà être l'après-midi sur la plage avec Simon ; ne plus penser à rien ; fermer les yeux et se laisser caresser par la tiédeur de la brise du printemps. Et si... Non, elle ne doit absolument pas envisager cette issue. Simon sera prudent, il l'a promis ! Trois heures et demie : il doit maintenant embarquer. Dans trente minutes il sera chez les Aignoz pour charger les caisses. Une heure plus tard tout sera terminé... enfin jusqu'à la prochaine fois ! Alors, de toute son âme elle aimerait que cette guerre se termine et que l'on puisse reprendre une vie d'où la peur et la mort seraient absentes. Mais qui peut bien détenir la clé ? Les hommes ? Dieu ? Personne ne lui donne jamais la réponse, et elle finit par se retourner sur l'oreiller en pleurant.

* *

Simon n'a pas eu besoin de réfléchir très longtemps. La mission est compromise et il doit fuir à tout prix ! Il attend que les Allemands soient remontés dans le village et il traverse la roselière, s'enfonçant à chaque pas dans la vase ; puis il regagne la grève et court au plus vite jusqu'à la digue où l'attend son bateau. Il le détache rapidement, le pousse et saute dedans. Il se met à ramer comme un forcené vers le sud car il a décidé de se diriger vers Hautecombe. Il sait que le rivage y est escarpé et que d'éventuels poursuivants ne pourraient l'atteindre. En outre, dès qu'il aura dépassé la saillie de la montagne, il deviendra invisible depuis le village et une fois à l'abbaye, il demandera aux moines de le cacher quelques jours, le temps de rejoindre le maquis. Peut-être sera-t-il même possible de sauver la barque en la cachant dans la grange batelière. Jusqu'à présent les Allemands ne sont jamais allés fouiner de ce côté du lac. Respect de la religion ? Crainte d'une embuscade ? Nul ne peut le dire. Simon accélère la cadence et longe la rive, mais toujours à distance respectable pour échapper à des tirs éventuels. Il se trouve déjà à hauteur des bassins de pisciculture, puis c'est la digue de Bouvier et Masson. Le lieu est désert. Il doit maintenant atteindre au plus vite le ressaut que fait le rocher, ensuite il aura tout le loisir de se rapprocher de la côte abrupte. Si besoin, il peut même accoster et se cacher dans les grottes que l'eau a creusées. Il en est même une qui forme un tunnel abritant une plage où la barque disparaîtrait en un clin d'œil. Ce qui compte avant tout c'est d'avoir pris la bonne décision afin de ne pas mettre en danger les copains. Ainsi il lui fallait partir à l'opposé de chez les Aignoz pour ne pas attirer l'attention sur eux. Inconsciemment, il vient de ralentir le rythme car ses muscles commencent à se raidir. Alors il s'exhorte à ramer plus fort et ça repart ! Voilà. Il vient de doubler la saillie et se rapproche de la rive boisée. Il est en nage mais tout là-bas, délaissées par les derniers lambeaux de brume, les façades blanches de l'abbaye commencent à émerger graduellement de l'écrin bleu-noir que la montagne dessine. Simon semble alors distinguer une embarcation qui s'éloigne de la grange batelière. Le salut n'est plus très loin.

Soudain, il perçoit une espèce de ronronnement lointain qui vient troubler le silence de cette fin de nuit. Retenant sa respiration, il lève les rames pour pouvoir déterminer l'origine du bruit : ça vient du village. Tout en se mettant à ramer encore plus vite, il scrute l'eau sombre ainsi que le ciel pour y déceler une menace éventuelle. Il a l'impression que le bruit sourd s'amplifie et résonne dans les falaises mais ça ne lui paraît pas être un avion. Même si l'abbaye n'est plus qu'à quelques encablures, il est presque tenté de gagner immédiatement la côte et s'enfuir par la montagne. Cent mètres environ le séparent de la rive et il décide de changer de cap mais, dans le jour naissant, au détour de l'avancée rocheuse, il voit apparaître un bateau qui marche à grande vitesse. Il a compris ! Les Allemands ont réquisitionné le *runabout* du « château » et patrouillent le long du rivage. Cette fois ils l'ont vu ; alors il rame désespérément vers la côte. Peine perdue ! Ils arrivent sur lui à toute allure. Il lâche aussitôt les rames, sort son pistolet et, dès qu'ils sont à sa portée, il tire à plusieurs reprises, mais la réplique ne se fait pas attendre : trois soldats envoient des rafales nourries de pistolet-mitrailleur et un énorme fracas répercuté par les falaises envahit l'espace en ricochant sur la surface de l'eau. Encore des tirs sporadiques, puis le *runabout* s'avance prudemment vers la barque dont la coque est transpercée en de nombreux endroits. Les Allemands vont s'assurer que Simon a bien eu son compte. Il n'y a rien dans le bateau et ils savent que les résistants ne portent pas de papiers lorsqu'ils effectuent ce genre de mission, c'est pourquoi le gradé qui pilote fait signe à ses hommes de se rasseoir et il vire de bord en mettant pleins gaz. Une énorme vague vient aussitôt chahuter la barque et l'eau commence à pénétrer progressivement à l'intérieur.

Simon a bien essayé de s'allonger au fond du bateau pour se protéger, mais dès la première rafale il a senti que son corps se déchirait. Une balle l'a touché à l'aine, une autre lui a fait exploser l'épaule et la troisième lui a perforé la poitrine, rejetant son corps en arrière. Il est donc parti à la renverse et sa tête s'est calée sur le bord de la barque, tandis qu'un de ses bras ensanglanté traîne dans l'eau. Lorsque le *runabout* s'est approché, Simon avait perdu connaissance et les Allemands n'ont pas insisté car ils l'ont cru mort ; mais malgré ses graves blessures il lui reste un infime souffle de vie et de lucidité.

**

Les frères Aignoz ont attendu Simon. En vain. Ils savent qu'il n'est pas du genre à se dégonfler, par conséquent il a sûrement eu un problème. Ils en ont vite la confirmation lorsqu'ils entendent le bateau à moteur des De Rivoire quitter son abri et partir en trombe. Alors ils se dépêchent de remettre les caisses dans leur cachette sous la serre, et c'est à ce moment que des tirs se mettent à claquer dans la nuit en rebondissent sur les falaises. Puis la fusillade se tait. C'est inquiétant, et ils ne mettent pas longtemps à comprendre : il est arrivé malheur à Simon. Peut-être n'est-il même plus de ce monde. Demain, ou dans quelques jours, ils se chargeront de le remplacer et ils apporteront eux-mêmes les armes de l'autre côté. Dans la Résistance, lorsque l'un des combattants disparaît, il faut immédiatement que quelqu'un prenne sa place, c'est la règle. Pas d'états d'âme ! Pourtant, Simon ils l'aiment bien, et à présent ils restent là, tous les trois sur la plage, à guetter le moindre bruit qui pourrait leur en dire plus. Ça a beau être des durs, leurs visages deviennent graves et, frappés d'un sentiment d'impuissance, ils laissent leurs yeux s'emplir d'une incommensurable tristesse.

**

Édith n'a pas réussi à se rendormir. Durant toute la fin de nuit elle est restée aux aguets, jusqu'à ce que plusieurs détonations étouffées lui parviennent. Enfin, il lui semble que ce sont des détonations. Elle a tellement les nerfs à vif qu'elle a peut-être confondu avec d'autres bruits plus diffus. Mais curieusement, à l'instant où les coups sourds ont capté son attention, elle s'est sentie oppressée et, en un éclair, elle a eu devant les yeux le visage de

Simon. Elle est en sueur. La nausée, toujours, et soudain une douleur au ventre, comme un appel de l'autre. Elle a un étrange pressentiment, l'idée que cette mission, en apparence facile, va mal tourner. Ses jambes fourmillent et son cœur se met à battre de façon déraisonnée. Cette fois, elle en est sûre, il est arrivé quelque chose à Simon ! Alors, d'un bond elle se lève, s'habille en hâte, saute sur sa bicyclette et part en direction du village, frêle ombre chinoise que les lueurs rosées de l'aube commencent à cerner.

**

Dès qu'ils ont vu le bateau à moteur arriver à toute vitesse, frère Robert et frère Vivien se sont tout de suite arrêtés de ramer. Simultanément, leur regard s'est porté sur une seconde embarcation que le point du jour extirpait avec peine de l'obscurité. De loin ils ont assisté à toute la scène, impuissants et affligés : les éclairs, le fracas des armes qui vomissent leur mitraille, des cris sauvages, des ordres ; l'écho de tout cela renvoyé par la montagne et pour finir, le silence meurtrier qui s'abat sur les eaux couleur d'acier après que le bateau des assassins ait disparu derrière le rocher. Quelques minutes à peine pour changer ce lieu idyllique en un décor macabre.

Les deux moines se sont aussitôt dirigés vers la barque poussée à la dérive par le sillage du *runabout*, et lorsqu'ils arrivent à sa hauteur ils découvrent Simon dans un sale état. Promptement, ils mettent les deux barques bord à bord et pendant que frère Robert les arrime l'une à l'autre, frère Vivien soutient la tête du blessé inerte et tente de lui donner à boire tout en dégageant les pans de sa veste.

Simon s'imagine qu'on veut lui prendre son pistolet et par réflexe, sa main se crispe sur l'arme tiède. Son corps n'est plus que souffrance et il a du mal à soulever les paupières. Au travers d'un voile trouble il distingue cependant un homme noir penché sur lui. Un soldat ennemi ou un moine de l'abbaye ? Difficile à dire. Il ne peut plus bouger; le sang coule de ses plaies et poisse ses vêtements; c'est surtout sa poitrine qui le met au supplice, lui arrachant des râles inhumains. Frère Robert et frère Vivien s'échinent à éponger ses blessures et à lui laver le visage avec des chiffons qui traînaient dans le bateau, tandis que d'autres moines, alertés par les détonations, arrivent déjà dans les deux dernières barques de la grange batelière. Simon s'efforce d'ouvrir les yeux encore une fois pour ne pas sombrer, puis le froid commence à envahir son corps. Soudain, il n'est plus sur l'eau. Il est dans le marais. C'est l'hiver. La neige enveloppe le marécage et scintille sous les éclats de soleil qui s'infiltrent parmi les roseaux desséchés et frissonnants. Il avance entre les troncs gris des peupliers alignés comme des soldats, et des nuées d'oiseaux blancs s'envolent à son passage. Les étangs gelés, prison de bulles et de végétaux, vont lui permettre de rejoindre Édith qui l'attend en face, mais soudain la glace se brise et il disparaît dans l'eau d'un froid extrême !

Il est maintenant en nage. Il sent qu'on essaie de le soulever. Non ! ! ! Un cri sauvage a jailli de sa gorge. Cette fois on le repose, et l'atrocité de la douleur le fait repartir dans ce monde intermédiaire entre la vie et la mort. Il rame et il transpire. Face à lui, lumineuse et calme, Édith sourit. Ils sont en train de longer la montagne opposée au village, en bas de Challières, là où les moines cultivent la vigne sur des coteaux escarpés et brûlés par le soleil. Tout autour la forêt exulte, arborant des couleurs attisées par les premiers frimas d'octobre. De grandes taches rouges ponctuent des coulées dorées que cernent de toutes parts les camaïeux de vert, résistant à l'assaut de la lave rousse descendue des sommets. Édith a quitté la barque et se met tout à coup à danser sur l'eau. Les plis de sa robe flottent au vent comme les pétales fragiles d'un coquelicot et d'une démarche gracieuse elle s'éloigne inexorablement vers le large ; il voudrait la rattraper mais elle finit par s'évanouir dans les écharpes de brume qui s'étirent au-dessus du lac. Il a beau l'appeler, aucun son ne sort de sa gorge. Il gesticule sur le bateau, prêt à se jeter à l'eau, et quand il rouvre les yeux, la dernière chose qu'il voit c'est un moine au visage empreint de miséricorde. Lorsque la barque franchit enfin les grilles de la grange batelière, tout son être se libère dans un dernier soupir marquant la fin de ses souffrances.

Les moines qui viennent de confiner à l'absurdité et à la violence aveugle des hommes, emportent le corps inerte de Simon jusqu'à l'abbaye. Le long du chemin en pente, s'élève alors de leur cortège un psaume d'indulgence, juste au moment où les premières flèches de soleil font pétiller les eaux du lac et reluire le bleu des toits d'ardoise. Dans ce lieu à l'harmonie retrouvée, délivré de cette enveloppe charnelle qui le torturait, Simon peut enfin gagner un monde de quiétude et d'éternité.

À flanc de montagne, sur les dernières hauteurs du village, Édith scrute la surface du lac avec angoisse. Elle a vu le bateau des Allemands revenir à toute allure et un peu plus à droite la digue de Simon, déserte. Son instinct de femme lui a fait réaliser qu'il ne reviendrait plus et une douleur atroce lui a alors transpercé le ventre, l'obligeant à s'accroupir. Elle est restée ainsi prostrée durant de longues minutes, le regard fixé sur les lointains gagnés peu à peu par les lueurs blafardes de l'aube. La douleur sournoise s'estompe maintenant et une sourde résignation vient remplacer la colère.

Même si elle vient de tout perdre d'un seul coup, elle va continuer à lutter (de quelle manière, elle ne sait pas encore), et surtout à vivre pour perpétuer le souvenir de Simon afin de sauvegarder cette flamme délicate qui ne s'éteindra jamais. Comme si elle attendait un miracle, elle reste encore de longues minutes, envoûtée par les brisures d'argent qui conquièrent l'étendue du lac, repoussant peu à peu l'ombre bleu-noir de la montagne.

ÉPILOGUE

Quelques poignées de terre et une dalle de marbre blanc où s'inscrit en lettres d'or le nom de Mario Guerrini. C'est bien trop peu pour témoigner d'une vie et des richesses qu'elle a pu prodiguer. Dans le minuscule cimetière blotti contre la chapelle, quelques silhouettes furtives s'éparpillent au gré des allées. Fred, lui, reste encore un peu auprès de Mario, s'efforçant de retenir ses larmes derrière des lunettes noires. En repartant, il s'arrête sur une tombe située juste à côté de l'entrée. Il a tellement peu l'occasion de passer un moment avec ce père qu'il n'a pas connu... Son regard se fixe sur 1944, l'année où Simon Fauraz a perdu la vie sur ce lac d'émeraude, sans savoir que quelques mois plus tard Édith allait lui donner un fils. Alors fatalement, il pense à tout ce qu'ils auraient pu faire ensemble, mais comme il n'est pas homme à vivre au passé, il se dit que là-haut son père doit être fier de lui. La plongée lui a appris à maîtriser ses émotions et à cet instant il préfère quitter le cimetière.

Il récupère sa *Land-Rover* dans laquelle s'entassent combinaisons, bouteilles, palmes et autres accessoires puis il redescend vers le village. Malgré la pente, il roule lentement pour profiter de l'échappée sur le lac permettant d'apercevoir les maisons qui s'étagent sur le flanc de la montagne, les cyprès du château qui se dressent vers le ciel comme des cierges vert foncé et tout là-bas le marais flamboyant au soleil de midi. En passant devant l'école il se souvient des années difficiles de l'après-guerre, son indéfectible amitié avec Mario, forgée par le même sentiment de rejet. Lui, issu d'une fille mère s'était naturellement rapproché de celui que l'on considérait comme un fils d'Italien, fût-il un résistant. Mais finalement les autres leur avaient rendu service car, grâce à cette solidarité sans faille, ils avaient pu accomplir maintes prouesses tout au long de leur existence.

Fred sort maintenant du village et se dirige vers le canal où habite toujours sa mère. À la mort des Bosson, elle a hérité d'eux une petite maison mitoyenne et c'est là qu'elle a élevé son fils tout en travaillant à l'*Auberge du Lac*. Les horaires n'étaient pas commodes et Frédéric a appris très tôt à se débrouiller seul. Lui, ça ne le dérangeait pas vraiment car il passait son temps à dévorer des romans d'aventures ou à explorer les environs du hameau en toute liberté. Il connaissait le marais comme sa poche, et à huit ans il était capable de manœuvrer la barque de son père que Roger Bosson avait entièrement rénovée en la baptisant « Édith ». Plus tard, il s'était naturellement orienté vers la plongée à but scientifique et par un coup de chance avait intégré l'équipe du commandant Cousteau. Justement, ce soir, il doit donner une conférence à Aix-les-Bains et il a promis à sa mère de rester quelques jours avec elle avant de repartir pour Villefranche-sur-Mer.

Après la partie de route qui serpente entre lac et montagne, la *Land-Rover* franchit le pont et s'engage avec précaution sur le chemin longeant le canal. Édith est déjà sur le pas de la porte, et toujours ce sourire de madone qui éclaire un visage marqué par le temps et le chagrin, mais qui conserve toutefois les traces de la beauté passée. Ils déjeunent sous la tonnelle de glycines et à cet instant, Fred sent qu'il peut se libérer de sa peine. Cette maison où sa mère et lui se sont protégés contre l'adversité, c'est son refuge depuis toujours. Ici, rien ne peut lui arriver. Comme à son habitude, au début du repas, Édith reste muette. Elle se contente de l'observer avec bienveillance. Elle se rassasie de son visage et peut y lire tout ce qu'il tenterait de lui cacher. Ensuite, elle finit par lui poser des questions sur ses expéditions, ses projets.

Elle prend soudain un air grave.

– Frédéric, j'aimerais te dire… enfin… il y a des choses que tu dois savoir maintenant…
– Oh ! toi, quand tu m'appelles Frédéric, c'est du sérieux !
– Effectivement. Je voulais te parler de cet avion.
– Mais quel avion ?
– Écoute, je suis vieille mais pas encore gâteuse ! Tu as beau déclarer tout ce que tu veux à la presse, moi je sais qu'avec Mario vous avez plongé au-dessus de l'avion allemand.
– Alors, là m'an, tu m'épates ! Comment as-tu deviné ?
– Oh ! ce n'est pas difficile. J'ai lu l'article du journal qui a relaté l'accident, et d'après les informations qu'il donnait, j'ai su tout de suite que vous étiez tombés sur l'épave.
– Mais comment pouvais-tu connaître le lieu exact du naufrage ?
– Écoute. En 44, quand l'avion est tombé, ton père était déjà sur le lac. Il partait toujours de nuit pour être le premier, pour sentir la nature comme il disait. Il fut donc le seul témoin du naufrage. Ensuite, lorsque les

Allemands ont commencé à lancer les recherches, tout le village s'est monté le bourrichon avec l'or que l'avion aurait soi-disant transporté. Ton père a fini par y croire aussi et il voulait remonter ce trésor pour m'épouser et m'offrir une vie de princesse.

– Mais il n'aurait jamais pu plonger à cette profondeur !

– Tu as raison, mais il a essayé quand même, et après avoir aperçu la silhouette de l'avion, il a cherché une solution pour atteindre et remonter la cargaison, sachant bien qu'il ne pourrait pas y arriver seul. Ce qu'il ignorait, c'est qu'Elio, le père de Mario, avait tout vu ! Très rapidement, les résistants, dont faisait partie Guerrini, s'en sont mêlés et ils ont proposé à ton père de l'aider, moyennant quoi ils lui laisseraient une petite part du butin.

– Mon père a donc marchandé pour avoir cet or ?

– Pas du tout ! Ton père était quelqu'un d'exceptionnel. Cet or il ne le voulait même pas pour lui. Il m'aimait à la folie et il aurait fait n'importe quoi pour me rendre heureuse.

– Et alors ?

– Alors, il s'est très vite rendu compte qu'il était plus important de se battre pour vivre libre et que ce trésor devait servir avant tout à lutter contre les Allemands.

– Donc, il fallait combattre l'ennemi en utilisant son propre trésor !
– Tout à fait. Par les frères Rubin, Simon est entré dans la Résistance et sa première mission fut de transporter des armes sur l'autre rive du lac. Malheureusement, il n'eut pas le temps de l'accomplir. Cette nuit-là, la fatalité voulut qu'il tombe sur une patrouille ennemie et après s'être enfui, il se fit tuer sur sa barque au large de l'abbaye, mais ça, tu le sais déjà. Moi je connaissais l'emplacement exact de l'avion car ton père m'y avait emmené en bateau et m'avait appris à prendre des repères, au cas où…
– Et tu n'en as jamais parlé à personne ?
– Non, parce que cet avion porte-malheur à ceux qui l'approchent ! Les pilotes, Simon, Elio et Mario, les Rubin… Ils sont tous morts. Nous sommes les deux seuls à savoir maintenant, et c'est mieux de ne plus en parler.
– Tu n'as pas à t'inquiéter ! À la mort de Mario je m'étais déjà promis de laisser cet avion retourner au néant, mais je trouve ça stupéfiant d'avoir plongé par hasard sur une épave que mon père était l'un des rares à pouvoir localiser ! J'en suis complètement abasourdi !
– Pour ma part, j'ai toujours porté ce secret, trop lourd pour une femme, puis j'ai tenté

de l'enfouir dans ma mémoire. Et puis il y a eu l'accident de Mario et tout a ressurgi !

– Et les Allemands, qu'ont-ils fait ? Ont-ils poursuivi leurs investigations ?

– Oh ! tu sais, la région a été libérée deux mois plus tard et ils avaient déjà décampé depuis longtemps. De temps à autre, à l'auberge, on entendait bien reparler de l'avion, mais personne ne connaissait le lieu exact du naufrage et on en est arrivé à oublier définitivement cette histoire.

Fred, resté silencieux, s'était alors mis à imaginer les peurs ainsi que les souffrances endurées par ses parents et, conscient qu'un jour il deviendrait l'unique dépositaire du secret, il fit le serment que plus aucun homme n'approcherait l'épave. Sa mère avait raison : à l'image du tombeau de Toutânkhamon, une espèce de malédiction frappait tous ceux qui tentaient de profaner ce sarcophage des temps modernes. Cet or maudit, si réellement il existait, resterait enseveli à tout jamais par la vase, et le lac poursuivrait inexorablement son travail de destruction jusqu'à ce que le souvenir même de l'avion disparaisse. À présent, des bribes de soleil se faufilant à travers les glycines, venaient danser sur le visage d'Édith qui restait silencieuse, le regard perdu dans le vague. Et c'est le moment que choisit Fred pour lui annoncer une nouvelle inattendue.

– Maman, puisque c'est le jour des confidences, à mon tour de te révéler un secret…

À ces mots, le visage d'Édith s'était assombri, par crainte d'une mauvaise nouvelle, et elle redevint attentive. Chaque fois qu'on parlait de secret, ça finissait mal…

– Oui, en fait de secret, je voulais simplement te dire que Magda attend un enfant pour décembre. On sait que ce sera un garçon. Tu vois, il n'est jamais trop tard pour être grand-mère, non ?

Les yeux d'Édith s'étaient soudain illuminés et deux larmes s'y lovèrent sans réussir à couler. Elle arbora un sourire paisible, comme si ces quelques mots avaient suffi à effacer d'un coup les peines de toute une vie. Son regard se porta alors vers le marais et, par une intime conviction, elle sut que, juste derrière les gerbes de roseaux grège, depuis sa barque qui glissait sur les eaux argentées du lac, Simon avait tout entendu.

Magda était une jeune biologiste allemande qui travaillait dans un laboratoire de recherche sous-marine. Elle avait vingt ans de moins que Fred et lui vouait une profonde admiration. Ils s'étaient aimés tout de suite et lui, qui en avait assez de barouder sur toutes les mers du globe, pensa que le moment était venu de se poser quelque part : ainsi ils avaient choisi Villefranche-sur-Mer.

Quelques jours plus tard, lorsque Magda apprit l'incroyable histoire du père de Fred, elle en fut bouleversée, et d'autorité, sans que son compagnon eût un mot à dire, elle décida aussitôt que leur fils s'appellerait Simon.

Fin

Un grand merci à :

- **Franck LLoberes** pour la couverture du livre.
- **Emmanuelle Girard** pour sa collaboration.

Sans oublier :

- **Françoise, Jean-Claude, Laurent et Jocelyne** pour leur aide précieuse ainsi que tous les fidèles lecteurs qui convertissent mon écriture solitaire en acte de partage.

Merci également à :

- **Olivier Perrier** et **La Fontaine de Siloé** qui offrent une nouvelle vie à l'ouvrage.

www.patrickliaudet-ecrivain.com

L'histoire vraie de l'avion du lac du Bourget

Le 30 mars 1943, un *Focke-Wulf 58 c* de la *Luftwaffe* décolle de l'aérodrome de Lyon-Bron afin d'effectuer une reconnaissance sur le lac du Bourget.

À son bord, deux pilotes-instructeurs et deux élèves. Arrivé au-dessus du lac, le pilote commence un vol en rase-mottes mais soudain il heurte la surface de l'eau. L'un des moteurs est projeté en avant et l'avion coule en vingt minutes. Dans une eau à 3°, deux soldats allemands restent prisonniers de l'aéronef tandis que les deux autres sont sauvés par des pêcheurs de Conjux et recueillis par la famille de l'un d'eux. Le colonel allemand de la base de Bron viendra récupérer ses pilotes et en remerciement fera libérer quatre prisonniers de Chautagne. Plusieurs personnes verront tomber le Focke Wulf, dont Roger Pilloud (enfant à l'époque) qui fondera l'association Farenheit 32 et consacrera une partie de sa vie à des recherches sur cet avion fantôme. Entre 1987 et 1988, l'association prospecte le lac à l'aide d'un sondeur et découvre une « anomalie » à 115 m de profondeur, au large de Conjux. Roger Pilloud posséderait même des images prises par des robots sous-marins.

Il faudra attendre le 2 octobre 2004, soixante ans après le crash de l'avion, pour que des plongeurs risquent une descente sur l'épave. Jean-Marc Blache, photographe professionnel, ainsi que Jérôme Mazier et Marco Stroppa, entreprennent une plongée délicate aux mélanges Trimix. Ils sont assistés d'Alain Pinot, spécialiste du sondage, et de Marc Donzel, médecin spécialiste hyperbare. Après 112 m de descente dans le froid et le noir et après un commencement de recherches infructueuses, l'épave du *Focke Wulf 58 c* avec sa croix gammée se dresse dans le faisceau des lampes. Jean-Marc prend des photos mais il faut songer à remonter : un exercice long et difficile avec des paliers interminables. Les plongeurs viennent de faire une découverte extraordinaire, une découverte qui authentifie la quête de Roger Pilloud.

Pour ma part, né au bord du lac du Bourget dans les années cinquante, j'avais souvent entendu parler de cet avion qui devenait au gré des fantasmes un bombardier américain ou un *Messerschmitt* abattu en plein vol (alors qu'il n'y eut jamais de combat aérien sur le lac). En 2010, sur commande d'un éditeur désireux de lancer une nouvelle collection, j'achevai l'écriture de *L'ombre sur le lac*. Ce n'était qu'un roman mais je m'attachai à le rendre historiquement plausible. Malheureusement l'éditeur, faute de moyens financiers suffisants, renonça à sa collection. Je décidai malgré tout d'éditer à mes frais *L'ombre sur le lac*. Le roman est devenu aujourd'hui mon livre le plus vendu !

Cependant, si durant toutes ces années, Roger Pilloud n'avait pas cherché cet avion, si Jean-Marc Blache et son équipe n'avaient pas plongé sur l'épave et si, en 2004, la journaliste Muriel Bernard n'avait pas écrit d'article sur l'affaire, le livre n'aurait sans doute jamais vu le jour. Et si je n'avais pas écrit ce roman, la télévision n'aurait peut-être jamais diffusé de documentaire sur ce mystère.

À quoi ça tient parfois…

Références :

Helioxplongee.fr
(site des plongeurs)

Recherches de Roger Pilloud
(association Farenheit 32)

Article de Muriel Bernard
dans *Le Dauphiné Libéré* (23/10/2004)

« *L'avion du lac* »
documentaire d'Anja Unger (France 3)

À noter également que « *L'ombre sur le lac* »
est arrivé en finale du Writing Movies
International Contest en 2013.

La Fontaine de Siloé

Dépôt légal : février 2022 N° imprimeur : 022271509-01

Imprimé en France par Présence Graphique - Monts.